新时代的
马可·波罗

一个意大利记者
眼中的 中国

[意] 阿德里亚诺·马达罗 著

陆辛 译

五洲传播出版社

图书在版编目（CIP）数据

一个意大利记者眼中的中国 /（意）阿德里亚诺·马达罗著；陆辛译 . --
北京：五洲传播出版社，2023.1
（新时代的马可·波罗）
ISBN 978-7-5085-4776-3

Ⅰ．①一… Ⅱ．①阿… ②陆… Ⅲ．①回忆录－意大利－现代 Ⅳ.
① I546.55

中国版本图书馆 CIP 数据核字 (2022) 第 247319 号

"新时代的马可·波罗"丛书

出 版 人： 关 宏

一个意大利记者眼中的中国

著　　者：	[意] 阿德里亚诺·马达罗
译　　者：	陆 辛
责任编辑：	宋博雅
特邀编辑：	闫志杰
装帧设计：	北京正视文化艺术有限责任公司
出版发行：	五洲传播出版社
地　　址：	北京市海淀区北三环中路 31 号生产力大楼 B 座 6 层
邮　　编：	100088
发行电话：	010-82005927，010-82007837
网　　址：	www.cicc.org.cn www.thatsbooks.com
承　　印：	中煤（北京）印务有限公司
版　　次：	2023 年 2 月第 1 版第 1 次印刷
开　　本：	155 mm×230 mm
印　　张：	16.5
字　　数：	240 千字
定　　价：	79.00 元

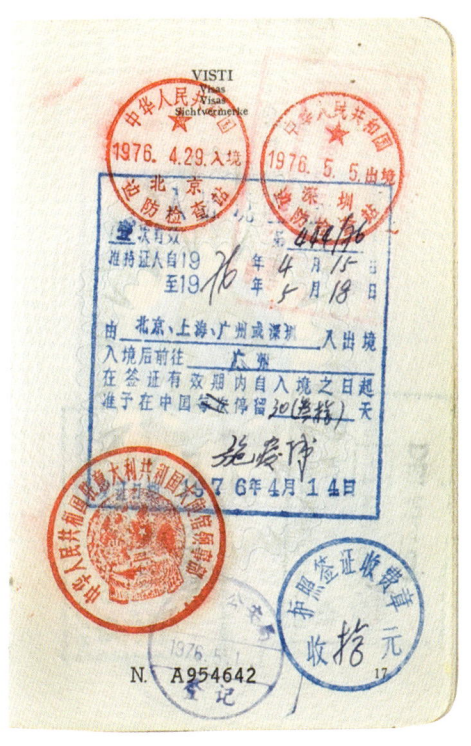

Adriano Màdaro

序

魏超

　　来自意大利的阿德里亚诺·马达罗先生，是我校客座教授。他希望中国朋友们称他"老马"，我不能这么做，因为按照中国的老理儿，对长辈不可以称名道姓。无论在专业领域里，还是在日常生活中，马达罗先生都特别值得尊崇和敬重！准确地说，在著作等身、成就斐然、荣耀有加的马达罗先生面前，我就是一名读者、一枚粉丝、一介后生晚辈。因此，当我受邀为本书写序时，惶恐之余，慨然应允，是因为备觉荣幸。

　　第一次见到马达罗先生，我瞬间想到歌德，对，就是那个无法更著名的德国文学家，因为他俩都有一双能让人瞬间沉静下来的大而黑亮的眼睛。德国诗人海涅曾经形容歌德的双眼"像上帝的双眼那样平静。他的目光是如此专注，他的眼神是如此坚定，这的确是上帝的眼睛的标志"。圣雄甘地也有一双这样的眼睛。他只需要站出来说几句话，就可以让几百万人组成的情绪激昂的武装群体平静下来，并放下手中的武器。

　　中国人心目中的圣人是孔子，孔子最喜欢的学生是颜回，后者毫无争议地位列孔门七十二贤之首。颜回同学曾这样评价他敬爱的孔老师："仰之弥高，钻之弥坚，瞻之在前，忽焉在后。"我借用颜回同学这个评价，转赠马达罗先生，因为在我心目中，马达罗先生当得起这句话。而且，这也的确是我接到为本书写序这个任务之后，脑子里瞬间升腾起来并一直萦绕不去的一句话。

"仰之弥高"，也许无需解释，因为我们的前国家领导人很恰切地称马达罗先生为"现代马可·波罗"，历史曾记下了领导人说出这句话时那个令人动容的时刻。作为使者，马可·波罗在中国游历17年，用一本《马可·波罗游记》给中世纪的欧洲带去了一个神奇的东方世界、开启了一个伟大的航海时代。马达罗先生自1976年4月作为西方记者首次踏上中国的土地起，亲眼见证了中国改革开放的40多年。像马可·波罗一样，他用一张又一张的照片和一本又一本的著作，给今天的欧洲介绍了一个逐步崛起的东方大国和加速复兴的中华民族，促进了中西方文化交流，推动西方有识之士携手中国共同迈进了一个全球一体化和人类命运共同体的新时代。

"钻之弥坚"，说的是精神。在东方哲学看来，知识易碎，精神至坚。

作为一名记者，马达罗先生打小受的教育，就是独立客观地看待事实真相，诚实真切地传达平和之论，不带歧视与偏见，不带攻击性，也不急于下结论，更不被媒体宣传所蒙惑。我们新闻传播学称此为"新闻专业主义"，因温柔敦厚，而知易行难。在主持《特雷维索七日谈》周刊期间，马达罗先生甚至遭受过来自黑帮的死亡恐吓。对于中国，他坚持认为不能从西方视角做粗暴评判，"必须先要完全了解和明白（即便不能认同）她的视角，而如此则不得不先了解她的历史、传统，简言之，她的文明"。不做记者之后，他就全然变成了一位文化使者，专心致力于中西方文明之间的理解与沟通，更见温柔，也更加坚定。他选择了自己的职业与身份，也塑造了自己的人格和人品，这些都反映在他的眼神里，沉静而有热情、安宁而有光辉、柔软而有力量。

马达罗先生笑称自己是喝驴奶长大的，所以性格脾气像驴一样。在中国，驴和龙有一定的关系，"中国通"马达罗先生大概率没听说过"天上龙肉、地下驴肉"这句俗语。颜回同学用"瞻之在前，忽焉在后"来形容孔老师，就如同孔子形容自己拜见老子时的感觉：真龙在云中，见首不见尾。孔老师喟然叹曰："吾不能知其乘风云而上天。"马达罗先生在来中国之前，就已经做了许多许多向西方介绍中国的工作，甚至是在其青少年时期。有些人来到世间，是受了使命召唤，否则的话，我们就无法解释一个意大利少年怎么会对遥远的中国抱有那么强烈的好奇：13岁的他就有了一本亲手书写的汉字笔记本；14岁就有了一个私人中国书籍图书馆；18岁就有了一位亲如兄弟的中国笔友苏阿芒并持续交往多年；19岁就开始以图文并茂的方式向西方介绍东方……马达罗先生自己说，就连他的母亲都能意识到他那种放眼全球的开放式思维不仅仅是一种简单的好奇心，而且是一种特殊的天赋。

自1976年4月起，他每年都来中国四五次，像钟摆一样在西方与东方之间频繁穿梭，与国家级的政治高层把手言欢，和胡同里的升斗小民促膝笑谈。走出朝堂和走进民间的，写出报章檄文和拍下街头照片的，是同一个表情温和、笑容可掬的马达罗先生。他直言哥伦布发现美洲并不是什么伟大的事业，而是引发侵略和掠夺的大错特错；他觉得战争年代家庭相册上那些灿烂、幸福的笑脸，如此真实，又如此荒诞；他说美国人绝不应该在别人家里大言不惭地高谈阔论什么"人权"，因为他亲身探访了印第安人的保留地；在西伯利亚外贝加尔斯克为列车换轨无奈等了7个小时后，他也完全明白了"苏联人的思维方式有多么离经背道"；他认为"中国是这个星球上最神秘也最有意思的人类精神改良实验室"，必须要亲自去看，去弄明白隔着太远的距离无法弄明白的东西……往返奔波只是他的生活表象，诚实自由才是他的内心追求。

　　不太熟悉马达罗先生的读者，或许会从本书中去寻找他那些风云际会的高光时刻。读完本书，你会发现他的一生中的确并不缺少这种时刻，但是，他并未对此施以重彩浓墨。那些璀璨的华章，往往出现在读者意想不到的时候，比如1966年他乘船来到印度，那是他当时能到达的离中国最近的地方。独坐海边通宵未眠的他用最美最长的句子描写了那里的清晨、晨曦中的渔村和渔民以及在城乡之间四处漫步随意坐卧甚至会堵塞交通的圣牛。此外，还有一位很特别的5岁女孩阿尼安达。他写道："阿尼安达和然金坐在太阳底下等着我，这些天里他们同安东尼奥一起为我做导游。这是最后一天，但我没敢提这个。阿尼安达像一只小猴子似的勾在我身上，我无法将她放下来，她用祈求的眼神望着我。然金将她猛推了一下，抱她下来。我跳上了汽艇，望着阿尼安达，几乎要哭了出来。我深知将再也见不到她，也见不到然金和安东尼奥……"

　　马达罗先生的深情所系、初心所安之处，究竟在哪里？"瞻之在前，忽焉在后"，颜回同学说出了我想说的话。颜回同学接着说："虽欲从之，末由也已。"意思是，我想追随孔老师而去，但是却跟不上他的步伐。马可·波罗700多年前的东方之旅，在中世纪时期的欧洲被当作神话；2100多年前，张骞出使西域，在古老的东方也被视为传奇。马可·波罗和张骞均已作古，但他们的精神依然震撼并荡涤着全世界人民的心灵。一定会有越来越多的人，像马达罗先生一样奋然而起，紧跟而去，走上这条由无数前辈所开辟的中西交流之路，代代相续，久久为功，使这条道路不断延伸，不断拓展，越走越宽、越走越平坦，超越时间和空间的局限，走向一个广袤而深情、多元而和谐的新世界。

北京印刷学院教授

2021年4月28日

序 / 5

第一部分 | 1942—1952
小男孩儿的中国梦 / 13

第二部分 | 1952—1962
第一次从精神上接近中国 / 35

第三部分 | 1962—1972
新闻业的一线实践 / 71

第四部分 | 1972—1982
首次中国之旅 / 95

第五部分 | 1982—1992
东西间的钟摆 / 131

第六部分 | 1992—2002
外交官皮箱里 1900 年的北京 / 175

第七部分 | 2002—2012
丝绸之路和华夏文明文物展 / 193

第八部分 | 2012—2021
让世界读懂中国 / 219

后记：与"现代马可·波罗"同行 /253

1942—1952

小男孩儿的中国梦

=26 Giugno 1942=

1942 年 6 月 26 日，我
出生于奥德尔佐小城

小男孩儿的中国梦

1942年6月26日那天，在一幢温馨整洁的二层小楼里，我呱呱坠地了。我的家坐落在意大利威尼托大区东部的奥德尔佐小城，这座小城在古罗马帝国时期曾是一座非常重要的军事重镇，拉丁文名为"Opitergium"。每年开春，人们翻整自己的花园时，总会不经意地挖掘出一些陈旧斑驳的马赛克碎片。至今，整座小城的地底下仍然埋藏着一座巨大的古罗马考古宝库。

从我年幼时起，我就在两个"神话"的伴随中成长：古罗马帝国的历史以及马可·波罗和他传奇的中国之旅。

这要感谢我的母亲。她在我5岁那年，送给了我一本关于马可·波罗探险之旅的小人书。因此，古罗马、马可·波罗、中国，充满了我的个人世界。

我的父亲叫伊塔洛，出生于意大利南部的普利亚大区莱切省。他是地道的普利亚人，在意大利金融警卫队服役了10年。婚后，他辞了职，起先在合作社的会计行业找到一份工作，随后又转入一家银行工作，负责纳税事务。我的母亲伊内斯是威尼托人，出生于奥德尔佐，是一位普通的小学教师。我承认自己从父亲身上继承了他的好冲动、爱探险、激情洋溢的性格，从母亲身上则汲取了她爱思索、坚忍顽强的精神，多少还沾染了些知识分子的学究气。

我的出生是父母期盼已久的，因为两年前他们的第一个孩子在痛苦的降生过程中，还尚未见到人世的阳光便夭折了。我提早了许多天

出生。一个懵懂的婴孩儿迫不及待地想要看看这个大千世界是个什么样子。

　　在刚出生的几个月里，家人们视我为上帝赐予的礼物。我的爷爷奶奶在 7 月份从那波利赶过来，急迫地要见到他们的长孙。刚生下来时，我不怎么爱喝母乳，体重一直偏轻。我欢度第一个圣诞节时，还长得十分瘦小。好在家里人给我喝了驴奶，6 个月之后，我开始茁壮成长。过了几年后，我的姨妈罗塞塔曾这么说过："这孩子可真是驴脾气！"她断定我那股桀骜不驯的脾性肯定与喝驴奶有关系。

1942 年 12 月，与我的母亲在特雷维索

　　1943年春天，我们举家迁居到特雷维索市的圣达博纳新城区，住进了一套位于三楼的公寓房。这是我父亲的决定，这儿离他办公的地方比较近，然而我母亲就不方便了，因为她每天还得返回奥德尔佐教书。入秋以后，我母亲又怀孕了。我满一周岁时开始咿呀学语，然而，与其他孩子不同的是，我嘴里蹦出的并不是那两声期待已久的"爸爸""妈妈"，而是两个铿锵有力的音节："奶"和"阿布"。父母亲不得其解，终于在无数次尝试后，他们才弄明白了我的诉求："奶"是要"喝奶"，"阿布"则指要"喝水"。

1942 年 12 月，与我的父母在特雷维索

1944 年 5 月，我在奥德尔佐

　　许多年以后，那时我的母亲已经过世了，一次偶然的发现，我才明白了原来"奶"也是汉语中"奶"的发音（其实也正是我想要的）。那么，在哪一种语言中"阿布"会是指"水"的呢？后来查询，这个音节与"水"的拉丁文发音非常近似。

　　天啊，我出生后的最初发音的音节来源于中国和古罗马！冥冥之中，这两条古老的藤蔓与我的DNA链交织在了一起。正是这不可抗拒的命运，为我"安排"了我的人生轨迹，引导着我，最终造就了今日的"老马"。

1944 年 8 月，与我的父母和弟弟雷纳多（Renato）在特雷维索

当我还未满两周岁时，我的弟弟雷纳多出生了，他可是我的父母为我精心准备的一份"大礼"。伴随着雷纳多的出生的，是英、美空军对特雷维索地区猛烈的空袭。铁路时常成为空袭的目标，母亲终日里提心吊胆，牵挂着我们两个孩子和她自己的安危。黄昏，当她乘坐的从奥德尔佐返程的火车驶进特雷维索市车站时，她悬着的心才会放下来。

那时，白天她将我们留给一位年轻漂亮的小保姆照看。她可不是一位称职的保姆。整日里，她只顾忙着和周围的年轻小伙儿们打情骂俏，对我们两个小兄弟不闻不问，以至于我时常踩着脚踏车冲到街道上，与神出鬼没的英军战斗机撞个正着。

到如今，我时常纳闷，不禁要自问：当时的人们（不仅仅是我的父母），是如何若无其事地在那个战火纷飞的年代仍安然操持着日常生活的？翻开泛黄的全家福相册，每一页的照片都闪烁着灿烂的笑容。在我看来，那种全然不顾、满不在乎的幸福感竟有几分荒唐，与照片背后我父亲用工整的字迹标注的那些日期（1944和1945年间的艰苦年代）好像完全不相干。只有我，端着那一贯的严肃表情，不，可以说近乎严厉的神情，完全不像是一个两三岁的孩子，不过这倒与当时的局势氛围配合得很默契。毫无疑问，我的确是一个性情古怪的孩子，永远是阴沉着脸。

自从我弟弟出生后，我便自作主张，扮演起了他的保护神角色。我对自己的这份职责感到无比的自豪。我全力以赴地保护起这个比我小的孩子，除了我的父母之外，我不允许任何人碰他。他是"我的"！一种绝对的占有欲。我心甘情愿地拿自己的玩具与他分享，任由他啃咬和摔打。就这样，我的弟弟一直在我的保护下成长，包括整个学生时代。在与他一起的合影中，我终于露出了笑脸。记得当时我母亲常常评价道："自讨苦吃！"除了身材大小之分，我俩几乎毫无区别，穿着也一样，直到四岁那年，他不得不戴眼镜儿。说真的，看着他鼻梁上架着的那副小眼镜儿，我心里激起了对他更强的保护欲。

1946 年 6 月，我和弟弟在奥德尔佐

战争结束后头两年，德军占领的意大利北方与盟军解放的意大利南方中断了联络。我的父亲便蹬着自行车，独自南下，前往那波利，探寻他父母和兄弟的消息。这段旅程非同小可：沿着炮弹狂轰滥炸后残存的铁轨，穿越840公里，一路风餐露宿。我的父亲仅用了一星期便完成了此项壮举。好在亲人们都平安无恙，除了一个弟兄，我那传奇的维多利亚诺叔叔，在突尼斯被英军俘虏了，被关在肯尼亚的一处集中营中。既然叔叔的房间空着，那一年圣诞我们全家便南下，在那波利的爷爷奶奶家度过了战后的第一个圣诞节。在接下来的几年中，在那波利过圣诞成了我们家的惯例。后来维多利亚诺叔叔也被释放了，拖着他那一箱"英雄主义"色彩的离奇故事回到了家中。每当茶余饭后，他便添油加醋地将离奇故事呈上来，犒饷我们的好奇心。

　　当时，我已满了4周岁，开始上幼儿园，然而修女管制下的幼儿园令我大失所望，连同那儿的"水煮胡萝卜"，都是如此的索然无味。我只好埋头在我的小本子上画画，再添上一些充满童趣的题语。那些信奉耶稣的嬷嬷们拿我没辙，震惊于我超前的能力。

　　1947年1月，我们从那波利度完圣诞节回来后，那波利的绿皮有轨电车给我留下了深刻的印象。我凭着记忆画了一辆这样的电车，又加上了一句评语。对我的这幅"作品"，嬷嬷们见过后很是惊讶，建议我的父母不用再将我送到幼儿园去了，因为没有必要让我再浪费时间，继续画那些无聊的横杠与小方框。我的母亲在职业病的驱使下，还是忍不住要提前教我字母表。我于是学会了分辨元音和辅音，书写拉丁字母，识记它们的发音，但仅此而已。那波利的绿皮有轨电车，家里人优雅的谈吐，对拉丁字母表的完美认知，这一切都载着我的童年，驶向前方。就这样，我告别了幼儿园，不用再与"水煮胡萝卜"打交道。挨到了1948年，我终于跨进了小学的门槛。

　　也许是战后所营造出的一种欢欣鼓舞的氛围，也许是饱尝了战争所带来的恐惧与贫穷，也许是由于我父亲工作的合作社解散了，这些都促使了我的母亲坚定决心，要重返奥德尔佐小城。在我母亲看来，我理所当然应该在那儿念小学，我的弟弟也应当追随我的轨迹。然而

1947—1948 学年，我在幼儿园的笔记本

比起乡村来，我的父亲明显更喜欢城市，因为他是在大城市里长大的。他也曾试图劝说我母亲去那波利的一所学校教书，但没有成功。于是他在奥德尔佐小城一家银行的税务处谋到了一职，还在一家寄宿学校附近找到了一套住房。日后，我在那家寄宿学校念初中和高中，为进入大学做准备，当然那是后话了。

1948年夏末，租了一辆卡车，载着所有家当，我们举家搬迁到了一个叫做圣文森佐的城区。这个城区被人们戏谑地称为"毛特豪森集中营"，因为此地集聚了一些面积很小的住宅，里面居住着一些流浪汉家庭，居民穷困潦倒，俨然一个贫民窟。我们住的那个小区，还算体面，有4栋公寓楼，每栋住着4户人家，楼前有一片小花园，楼后是一小块菜园子。

我们的邻居是一位宪兵中士，3个女儿的父亲。孩提时的我自以为对他们的二女儿是"一见倾心"，然而对这份情感我也并不十分确定。那一年秋天，我一年级入学后，便爱上了一位金色头发的小女孩。她家就在从我家去学校的那条路上。每天下午放学后，她总会和

1950 年 7 月，与弟弟雷纳多在奥德尔佐的玛达莱娜（Maddalena）集市上

1951 年 8 月，与我的父亲母亲、爷爷奶奶和弟弟在奥德尔佐

另一位女同学结伴来我家附近的一家农户打牛奶。那家农户有一个儿子也是我的同学。毫无疑问，她就是我儿时的"恋人"，不过在升入二年级时，这段恋情就告终了。倒是她那20多岁的漂亮姐姐，险些成了维多利亚诺叔叔的女朋友。他们是在一辆火车上邂逅的。那时维多利亚诺叔叔来看望我们，随后还要去阿尔卑斯山度假。然而这段友谊也只是局限于几张明信片往来的小空间里。不久后，在上阿迪杰山区，叔叔就将这事抛到了脑后，因为他又认识了一位漂亮的"德国种"摄影师，她为他留下了一大堆帅气的青春剪影。

如果说那本讲述马可·波罗传奇的小人书在我的潜意识中擦出了想象力的火花，为播种未来的梦想提供了土壤，那么，我对旅行的热衷却是在我父亲的引导下萌芽的。他为我准备了两本儿童读物。《闷闷不乐的萌莫》（Memmo scontento），以精彩的画卷，富有童趣的笔调，讲述了一个心情烦闷的孩子对于搭乘各种各样的交通工具的渴

我的童年读物《闷闷不乐的萌莫》

望。同一系列中的另一本书叫《奇异的梦》(*Il sogno meraviglioso*)，讲述的则是一个孩子睡着后，梦见自己四处旅行：他来到了阿拉伯、印度、中国……正是"美丽的中国小女孩"这个意象，最终让我无可救药地爱上了那个遥远的国度，那个马可·波罗到达过的地方。

我的童年读物《奇异的梦》

1951 年 10 月，我与弟弟雷纳多在奥德尔佐

小学一年级时，我发现了地图这件神奇的东西。这个发现在我的心里根植下了对地理的热爱，家里的地图册成了我每日必读的日课经。我趴在书上，幻想着一条条密径，通向地球另一端的那个伟大国度。地理学向我揭示了距离与多样性的概念，在我的心里激起了对认知的需求，以及对探索与发现的渴望。终日里我沉浸在书写、绘画与想象中。

我很有幸地遇到了一位优秀的老师，他擅长于通过做研究、写日记和自由幻想等活动来开发孩子们的个性，使我的小学生涯充满了乐趣。我不只是在我的笔记本上绘制"我的"地图，甚至还将它们搬上了教室的黑板，模仿起大师们出杰作的风范，在落款处大模大样地签下我的名字。

1949年10月1日，我升入二年级，而那一天，在北京，毛主席宣布了中华人民共和国的成立。那段时间，每天吃晚饭时，我父亲都责令我们保持安静，一起收听广播新闻。但我已记不清了，我们得到那条消息，未必是在那一晚。然而我记得很清楚的是，一年之后，朝鲜战争爆发。那一天正是我8岁生日的前一天，我父亲在地图册上指给我看，朝鲜在哪儿——与中国东北延边接壤的一个半岛国家。那个时代，我们对中国、对朝鲜一无所知，那是距离意大利如此遥远的世界，仿佛在月亮之上。

我们那场可怕的战争结束才5年，一场新的战争又爆发了，但好在它距离我们很远，遥不可及。几天以后，我父亲带回家一本杂志，图文并茂，介绍了战争敌对双方使用的飞机：美军的F84和苏军的米格15。最新鲜的莫过于这两架飞机都没有螺旋桨，是超音速的，被定义为"喷气式"，机尾喷射出一条长长的火舌。我痴迷于飞机。与《闷闷不乐的萌莫》这本书中的小主人公不同的是，我绝不会从飞机上跳下来，转乘汽车，那时的我并没有真正地见过飞机。但我记得1945年春末的那几个晚上，警报声响起后，我们抱着被窝四处逃窜，头顶上掠过美军飞机的轰隆声，

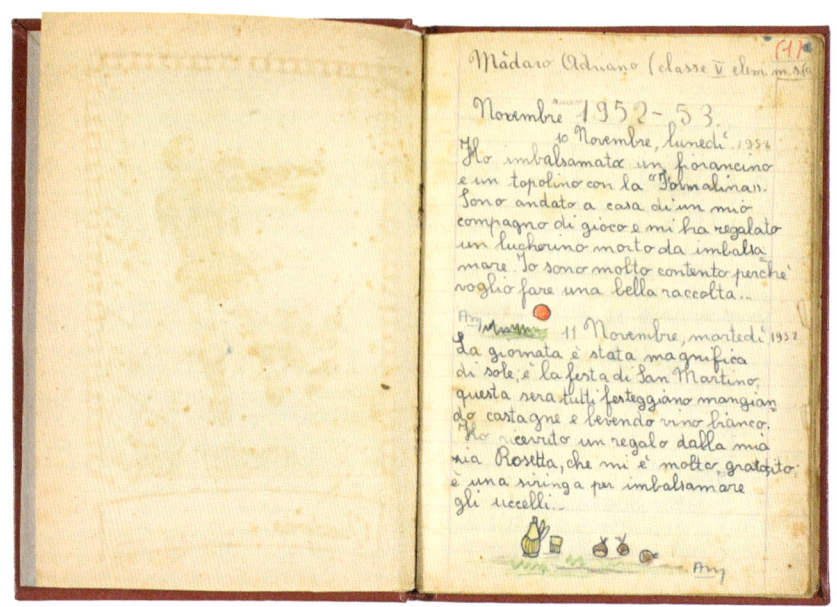

1952—1953 年，我的日记本，上面记录着我所做的研究

那是去轰炸德国。每一回都有上百架飞机盘旋而过。幼小的我全然意识不到危险的临近，仿佛置身于一场欢宴中，与我的父母，还有左邻右舍的大人孩子们一起，躲藏在水渠堤岸边，仰望着夜空，观赏着那些红色光点与白色光点踩着曼妙的舞步而划过夜空的舞台，背景音乐则是由飞机发动机鸣奏的庄严交响乐。对我来说，那些飞机实在是太美了，就像我的第一架玩具小飞机，我还抱着它与我的小狗"飞夺"一起合了张影。但事实上，除了萌莫在草地上画的那架飞机外，我再没近距离地见过其他的飞机。如今，朝鲜战争让我得以了解天空中那些最新型的坐骑，我一心盼望着要驾驭它们。但是当我的父亲向我解释道，那些飞机是轰炸机，用于空袭，也就是说飞行员要向地面投下炸弹，我犹豫了，觉得长大后还是当一名海军比较靠谱。

新学年开始后，没过几天，老师告诉我们朝鲜战争很危险，因为它正要将整个世界重新卷入战争中，中国首当其冲，可能会被美军轰炸。他还补充说道，如果此事真的发生，苏联就将出面帮助中国对抗美国，因此会引燃第三次世界大战。

那些年月，美国媒体的宣传在欧洲肆意蔓延，那是一种盲目的、歇斯底里式的鼓吹。在意大利，反共的浪潮一波接一波地掀起，这一方面是基于法西斯主义的余毒，另一方面也是源于天主教教会灌输的精神鸦片。

好在我的老师倾向于社会主义，他苦心竭力地教导我们客观地看待事实真相，不要被媒体宣传所蒙惑。他的诚实与自由的教育精神，是我在早年能够从学校里接受到的最宝贵的精神遗产，而那些年岁，对一个孩子的认知教育至关重要。

借着我父亲定期从报亭买回家的报刊，我持续关注着朝鲜战争。有些图片着实让人毛骨悚然，另一些则展现了亚洲尽头那个半岛上的自然风光与城市街景。

在未来，这一切于我都将变得如此熟悉。

PAESAGGIO GIAPPONESE

CINA

Superficie (Kmq. 9'921'000)
Popolazione (460'000'000)
Religione (Confuciasta, Buddhista)
Forma di governo (Republica
popolare. Moneta (Yael e Dollaro)
Capitale (Pechino). altre città: Nanchino,
Sciangai, Canton Ohancou.

odotti : Riso, frumento, saia, arachide,
amo, tè (metà della produzione mondiale)
ante tessile cotone, eramamiè (specie di ortica)
levamento del baco da seta (seta: metà della
oduzione mondiale.
umi : Hongho, Yangtse - Kiang.
.B. Trecento anni avanti Cristo fu
iziata la costruzione della Grande Mura
ia per impedire le invasione dei Tartari.
unga 6'000 Km. alta 10 m. e larga 6 m.
ume 160'000'000 di m³. Se sulla luna o su
arte vi fossero abitanti, questi di tutte le
re umane vedrebbero solo la grande mura
ia, tanto è enorme.

PAESAGGIO CINESE

第二部分

1952—1962

第一次从精神上接近中国

1952 年，在奥德尔佐，我和我的小学同学们

第一次从精神上接近中国

　　1953年7月27日，在位于北纬38度的一个不知名的小村庄里，签订了停战协议，可朝鲜战争并未真正结束，只是暂停了。最后的一期报道于8月中旬出版了，我的父亲夹着这捆资料，来到了装订厂，将它们装订成册。

　　那之后，我们出发去海边度假，其间，我父亲又回了趟奥德尔佐，因为银行税务处有些事要处理。当他重回海滨小镇耶索洛时，我们赶到公车站去等他。下车后，他就说感到不舒服，腹部疼痛剧烈。到了晚上，情况变得更糟糕。我的母亲叫来了一位医生，医生劝服他住院检查。当晚就采取了紧急措施，动了手术，但无济于事。一个动脉瘤破裂，两天后他去世了，年仅40岁。父亲的猝死就像当头一棒，残酷地终结了我的童年。他留下的空洞无法填满。我的母亲毅然决定要搬家，因为老屋里堆满了对他的回忆，所有的一切都在向我们诉说着他。我们必须更换环境，尝试着寻找些许阳光。

　　同时，我开始在寄宿学校念初中。我父亲曾与那儿的文森佐神甫建立了友谊，后来他成了我的科学教授，教会了我制作动物标本。现在想来简直不可思议，甚至全身都会起鸡皮疙瘩：一个十来岁的小男孩竟会有这样的嗜好！然而从小学升入初中的那段时间，制作动物标本却是我消磨时光的最佳娱乐。我家里收藏的鸟类标本引来了左邻右舍孩子们的好奇关注，但不仅仅是他们。那一年春天，我母亲借着搬家的机会，提示我要清理那个散发着福尔马林臭味的"博物馆"。她

1953 年 8 月 31 日，我的父亲在奥德尔佐去世

嘀嘀地嘀咕道，这一点儿也不卫生，我应当寻找其他的爱好。

　　新家离小城中心很近，两层的小楼，带一片美丽的小花园。我们很快适应了新的环境，一时间对父亲的追忆也不再苦涩，余下的只有甜蜜与温馨。好像从那以后一切都开始正常化，我们的家庭就是由我们母子三人组成的。我开始自觉地承担起作为一家之长的责任，尽管我母亲在一定程度上也担当了父亲的角色。

　　母亲的一个姨妈在威尼斯的一所修道院当修女，我们每年都要去拜访她一回。在我的眼中，她简直就是一个穿着黑袍的天使。她身材纤瘦高挑，面色苍白，戴着一副斯文的金丝眼镜，就像教皇庇护十二世那样，况且还真有点儿相像，甚至可以充当他的妹妹。要是能够摘下她那顶该死的修女帽，哪怕只是一次，我都会不惜一切代价。

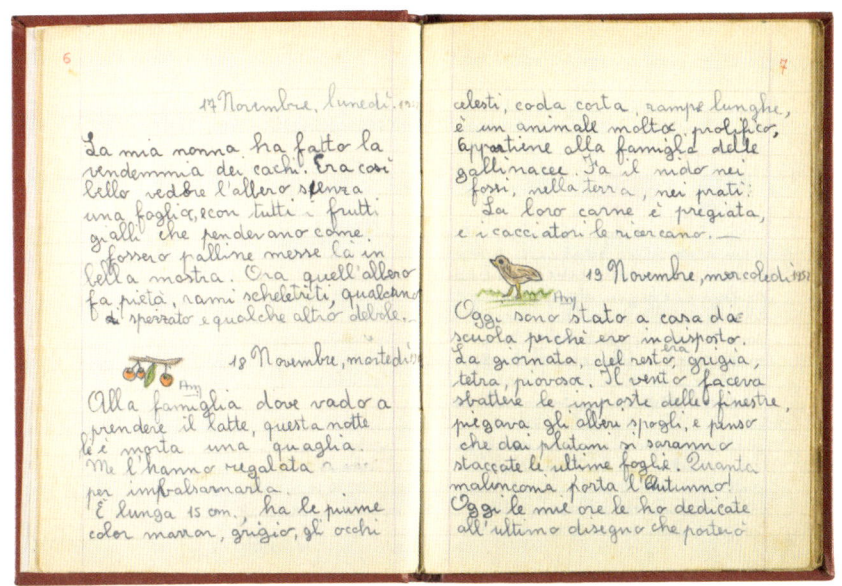

1952—1953 年，我在学校的日记本

　　年复一年，她总是为我们这些孩子保留着那些虔诚的女信徒们送给她的所有小礼物：巧克力、礼器圣物、书本、杂志。就这样，一本耶稣会的月刊无意间落到了我的手中。我贪婪地阅读着那些世界各地的传教士撰写的报告。报告配有精美的图片，介绍了各地风光和风土人情。

　　我开始给一些传教士写信，主要是选择那些中国周边地区的地址，因为无意识中我觉得自己想要去那儿。他们也给我回了信：有来自泰国、日本、中国香港、印尼的。

　　在那个年代，意大利学校中必须学习的外语是法语，它被定义为"外交语言"。碰巧泰国的学校也教法语，也许是靠近法国前殖民地越南的缘故吧。曼谷的一位传教士将我的地址给了他的一位女学生，她名叫Supattra，于是便开始了我们的国际信件往来。不久后，我开始自学英语，为的是能够用这门语言同更多的年轻人交流。我的国际信件往来范围也扩大了。

如今我已记不清当时是怎样的情景，只记得有一天我母亲来特雷维索市里看我，当时我已经结婚了。她带来了几件我儿时的旧物，说是在整理我的小房间时发现的。其中有一个笔记本，"你看，"母亲对我说道，"你对中国的热情由来已久了！拿去吧，这可以成为你的历史文档哦……"

我惊呆了，13岁时我已经开始学写汉字了！笔记本的第一页上分明标注着1955年。事实上，那是我当时的"汉语笔记本"。我肯定是从某本小册子上抄到了这些汉字，但我对此实在没有任何印象。然而，那本多年后重新找回的笔记本着实给了我不少惊喜，但同时也令我感到不安，因为尽管绞尽脑汁，我仍是回想不起任何相关的事儿。我查证过了，那些蘸着墨汁临摹的汉字确实是出自我的手笔。

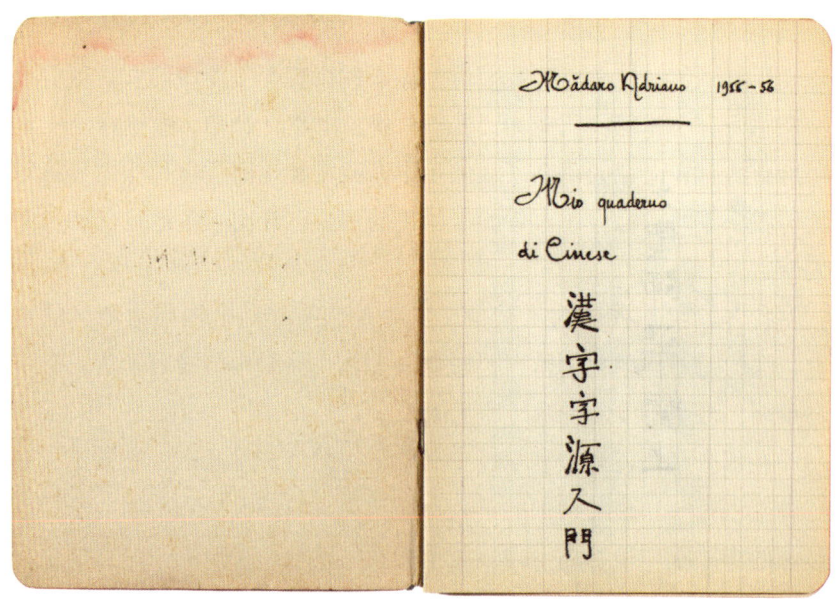

1955—1956 年，我的汉语学习笔记

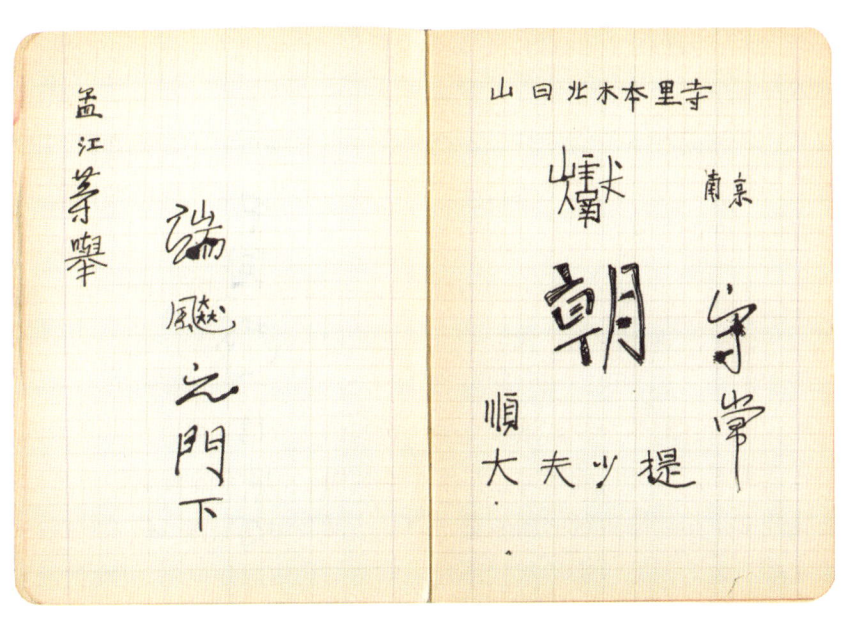

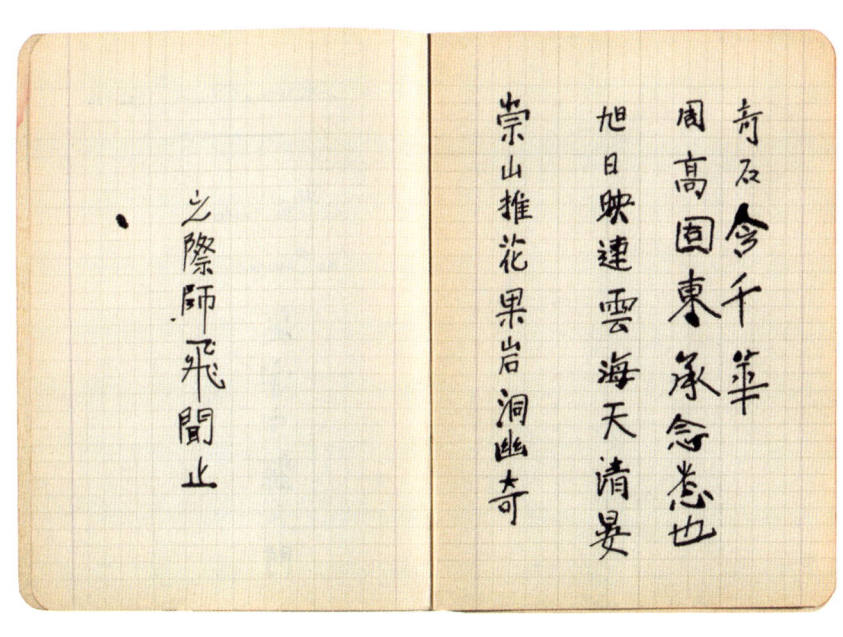

然而，我同中国的信件往来至少要隔了5年以后才开始，因此，那本神秘的笔记本实在是有点儿来路不明。不管怎样，同曼谷女孩以及其他各地年轻人的信件往来，已经在一定程度上满足了我那股"探险"的欲望。我们互相寄送照片、明信片、邮票，交流生活的信息，这开阔了我的眼界。

　　认识世界的同时，我的邮资开销也日益增长，这让我不得不寻思一个筹措经费的办法。在小城本堂神甫的奥拉托利会那里，一位年轻的教士同意让我使用他们的彩色油印机，于是我得以印刷一份名为《遥远的国度》的报纸，这可是第一份我亲手办的报纸。我将收到的信件改写成图文并茂的报道，再配上些地图。10里拉一份的售价足以使我能够承担印刷报纸的纸张费，而且还能多出些余钱来购买邮票。挨家挨户地上门兜售果然收效不凡，成功的喜悦渐渐地暗示着我，长大后要当一名记者，踏遍千山万水，来到中国。对，中国！我正在你的周边徘徊着，但你仍是如此的神秘。朝鲜停战协议签署后，从你那儿再也没有传来任何消息。

1957年，我亲手编写的小报《遥远的国度》，用滚轮油墨印刷机印刷

1957—1966 年，来自世界各地的年轻学生写给我的信件

    一晃我已从初中升入了五年制高中，学校里新的课程让我觉得了无生趣，除了我的强项意大利文和地理之外。然而新的教授却总是在我的写作稿上用红笔批上这样的评语"新闻体，5分！"（满分为10分，6分及格），仿佛这是我应当为之惭愧的一种过错一样。我不明白他为何对我抱有那种敌对的态度。不过，考虑到他是一位神父，仅此一点我就不觉为怪了。我不屑于阿谀奉承，于是便向他回敬了我的反感。矛盾愈演愈烈，直到有一回我举起一本厚厚的词典向他掷去，

他险些被砸中。在寄宿学校中，这一壮举立刻引起了轰动。我荣登了"叛逆者"榜单，这个头衔为我在接下来的5年中奠定了"群众"基础，却也使我成了"马屁精"们的眼中钉。他们可都是所谓的"圣徒"，每天早晨开课以前都会去小教堂做例行公事，吞咽下那美味的圣餐。

好在我是一名走读生，这样每天傍晚放学后回到家，便可以充分地享受属于我的自由。我向母亲隐瞒了我在学校里的所作所为，尽量不让她知道我与神父们之间的紧张关系，但当她去学校付学费时，一切都不可避免地摊到了桌面上。幸好她儿时也在寄宿学校念过书，而且作为一名住校生，在威尼斯上的学，比我的处境更糟糕。经过那几次与神父校长不愉快的谈话后，回到家中，她只是轻描淡写地叮嘱我了几句，并未为此大做文章。

我曾经想过，要是换做我的父亲，就不会那么轻易地放过我，因为他那多年的军队生涯让他养成了良好的纪律性。

我的母亲意识到在我的个性中有一些东西值得依从：我那放眼全球的开放式思维不仅仅是一种简单的好奇心，而且是一种特殊的天赋。她带着审慎的观察力和辨别力，关注着我那不同寻常的成长历程，从不强加干涉，在无意间为我留出了发展的空间。

现今看来，感谢命运的眷顾，尽管10岁时我的父亲撒手而去，但在接下来的至少五六年中，我的母亲为我创造了不可或缺的条件，使我的个性与激情、品位与倾向得以自由地发展：简而言之，她让我明白了生活的意义。

1957年是关键的一年，从那年起我第一次接近了中国。

夏日的一天，一个流动商贩载着他那满满一车的书籍从我家门前经过。为了吸引注意力，他还按响了车上的小喇叭。五颜六色的书皮本身就构成了一种极大的吸引力。在这种吸引力的感召下，孩子们趋之若鹜，我们开始漫无目标地翻找起来。蓦然间，一张奇怪的封面吸引了我的眼球：底色为条状的绿、白、黄三色，上面印有一个黑色的剪纸图案。书名读起来有点儿奇怪，作者的名字也从未听说过。

我将它捧在手里，翻看了起来：只有文字，没有图片，但折页上作者那英气十足的肖像深深打动了我。他叫鲁迅，是一个留着微微上翘、浓墨般的胡须，眼里闪着磁石般的目光的中国人。书名是《阿Q正传及其他》，菲尔特瑞奈利

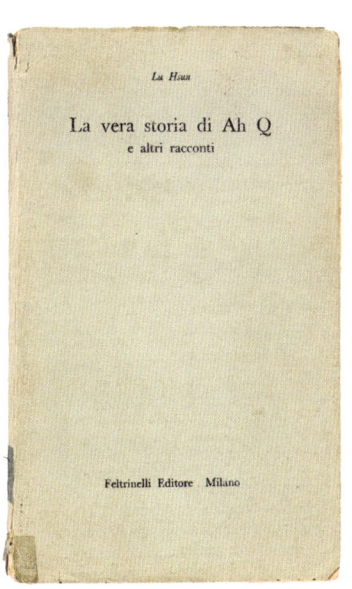

鲁迅的《阿Q正传》意大利文版

阿 Q 时代的旧中国（北京永定门）

（Feltrinelli）出版社出版。我问了价钱。流动商贩将这本书放在手中
掂量了起来，最后做了个如释重负般的动作，向我说道："给我200
里拉吧。"

　　我如获至宝。当晚我就抱着它读了起来。这本书直抵我的心灵
深处。它描写得如此生动，刻画得如此淋漓尽致，每一页文字都向我

还原了一个真实的中国及其国民的形象。这一切都为我重新指引了道路，带我去了解这个古老的国度，以及国民的情感。那位作者运用高明的手法与读者沟通交流。这次阅读产生的效应，加之我青春澎湃的激情，让我体味到了我那种无法解释的归属感。我那认知的车轮驶向了中国及其动荡的时代。

不久后，我在报亭对面的书店里找到了另外两本关于中国的书，分别是一位法国记者和一位意大利作家在中国旅行的游记。

1957 年 5 月，我在威尼斯

与鲁迅不同的是，这两本书介绍了50年代初的中国，即"毛泽东时代"的中国。在当时的意大利，关于这个国家的消息鲜为人知，除了美国媒体的一些只言片语的负面报道，主要是由《读者文摘》的意大利出版社刊登发行的文章，那可是"山姆大叔"赫赫有名的宣传工具啊。

对于一个在50年代中期，生活在威尼托乡间小镇，就读于一所教会学校的15岁男孩来说，树立一个客观独立的观点，来看待革命时代的中国历史政治问题，并不容易。我碰巧撞上了最初的那几本读物，它们在我的心中掀起了一丝怀疑：关于中国，也许存在着许多事实真相，未被公之于世的事实真相。我手头既缺乏历史文献资料，也实在找不到任何相关的读物。我开始感觉到自己生活在一个与中国对抗的，甚至可以说是敌视中国的世界中。

我对"冷战"一无所知，没有人对我讲述这些。学校里的历史教科书都只是介绍到意大利统一为止，那可是一个世纪前的事了！中国被曲解成西方世界的一大威胁，是共产主义的威胁；而关于东欧共产主义国家的消息则是骇人听闻的。大西洋联盟的反共势力添油加醋地涂抹事实真相。被苏联坦克大炮镇压的1956年匈牙利革命事件留下了深远的影响。然而，我最初接触的那几本读物带领我走向的结论，

1958 年，ABC 杂志连载

至今在我看来仍是正确的。大国争斗的结果最终将欧洲分成了两半，东欧国家被强行归入了共产主义联盟，受苏联控制，另一半则受美国控制，因此被归为帝国主义–资本主义联盟（我们的政治家将这个定义美化成自由主义）。经过长年的内战和一场真正意义上的人民革命，中国也成了一个共产主义国家。

我最初的那点儿政治思想已为我划清了界限。我的好感明显地倾向于中国，因为如果说那就是阿Q和鲁迅笔下其他一些小说人物的国度，那么为了解放中国，一场无产阶级革命势在必行。随后我又得出了另一个愤世嫉俗的结论：匈牙利人理所当然地有权利反抗那种强加于他们头上的政治体制，因为那不是通过人民革命取得的成果。鉴于当时欧洲被分成两大阵营，苏联的坦克大炮势必要去平息这场起义之火。如果意大利人民在之前选择了对抗美国，也会落得同样的下场。我的思考显然是过于简单化的，却奇迹般地不受任何立场限制。当时我也有一些东欧的笔友，他们分布于从西伯利亚一直到黑海的各个城市，包括莫斯科、华沙、布达佩斯、索菲亚、贝尔格莱德，在信中他们向我介绍了他们的生活、理想和爱好。我们的信件往来能够顺利地穿过"铁幕"而不受任何监控与封锁简直是一个奇迹，因为当时我们的官方媒体大肆宣扬对东欧笔友们不利的负面报道。

我所缺少的就是书。我必须自己构建一些观点，没有任何参照，没有任何信息。我嘱咐卖报的贝尼托先生留意有关中国的分期出版刊物，一有消息就通知我。有一天他对我说，多家报纸上刊登了一条消息：中国正准备进攻福尔摩沙（台湾）岛。那是我第一次在报纸上看到毛泽东的脸。我当时没有那么多钱，可以各家报刊买一份，贝尼托先生就关照我晚上再回他那儿去，因为他可以将这些报纸裁去刊头作为废纸，以每份20或30里拉的价格卖给我。这在当时是一种惯例，报亭未售出的报纸，裁去刊头，就可以被作为废纸，廉价地出售给蔬菜水果商或鱼贩子，用来包裹商品。从那天起，每晚我都会路过报亭，裹上一堆报纸，抱回家翻看，并剪下所有有关中国的文章。

那已是1958年了，"大跃进"之年。毛主席隔日对外宣布要攻取台湾，但其实只是象征性地向国民党军队占领的金门、马祖轰了几炮，却向台湾的同胞们暗示了大陆方面的意图。

我的剪报硕果累累。我开始"自制"一些书本，将剪下来的文章贴在一些大笔记本上。渐渐地，我的"藏书"越来越丰富，真可谓汗牛充栋。于是，一个属于我的中国书籍"图书馆"应运而生。每一家报纸的观点都大相径庭，以至于我无法做出判断；但大部分都是反华的，显然是与美国新闻媒体统一了口径，因此站在蒋介石的一边。蒋介石依仗着星条旗军队的势力，扬言要重返大陆，"剿灭共产主义反动势力"。从左派的一些报纸上可以读到些不同的观点，但是继中苏关系决裂后，这些派别也都站到了反华的前线。我开始觉得强烈地需要一位中国朋友，能够与他通信，自由地交流。

我去罗马待了两三天，住在耶稣会办的青年招待所里。利用这一机会，我去亚洲和东欧几个国家的使馆转了转，向里面的文化专员们要了一些有关他们国家的书本或出版物，实则是免费为我的图书馆添置新书。我卷了两大包书回到家中，里面大都是一些宣传资料，但还是有一些有价值的东西，比如说一本波兰的国际杂志，名为《雷达》（Radar），帮助世界各地的青年寻找笔友，用多种语言（我拿到的那份是英文版的）刊登他们的地址、简介、陈述、旅行经历、照片。寻友启事必须配上个人照片。我立即向华沙寄去了我的信和照片，并注明了我想要找中国的朋友。

两个月后，我收到了一份他们的杂志，上面刊登了我的简介和照片。翻过几页后，我读到了一位中国青年诗人刊登的寻友启示，旁边也配上了照片。我当天就给他写了信，两星期后收到了他的回信。拆开那封来自天津的信函时，我的内心里有按捺不住的激动，仿佛一袭来自中国的空气会猛然地从里面钻出来……然而当我明白了这并不是一封回信时，我便更为惊喜了。的确，两周时间就收到回信显然是太

左页图：在位于奥德尔佐的书房

年，《雷达》杂志刊登的我与苏阿芒的故事

快了。事实上，他是在读到了我的寻友启事后，立即提笔给我写了这封信。我们的信件也许在西伯利亚的上空碰面了。于是，我与苏阿芒的友谊从1960年初开始了。

苏阿芒，1936年生，是通晓多种语言（据说23种）的世界语诗人。八年间，他一直作为我的向导，就像《神曲》中维吉尔引领但丁一样，以虚拟的方式，带领我遨游60年代的中国。

在每月的信件往来中，我们互相交流着对两国文明的热爱。从一开始起，我们就一直用意大利语通信。这是他所喜爱的一门语言，他会直接用这种语言作诗。我向他叙述着地球这一半的生活，及时地告知他我的学业进展、旅行、郊游和假日生活。他向我介绍他所居住的城市，以及他在其他省份游山玩水的经历。每到一处，

1961 年，苏阿芒的来信、诗歌和照片

1966 年，苏阿芒从天津给我寄来的最后一封信

1966 年，苏阿芒给我的最后一封信

他都会从那儿给我寄来明信片、照片或诗歌。我就像完全融入了一个中国家庭中，开始了解他们的习俗与思维方式。如今，中国于我有着情感的牵系：我们以兄弟相称，彼此能够满足对方的任何需求。我们互相寄送杂志、挂历、旅游图册，甚至还有词典。更重要的是，我们互相书写长篇的信件，向对方详细阐述任何一种话题，包括政治方面的。他支持自己国家的政体，自认为是一名爱国者。他认为那种面向世界的开放性思维是一种值得肯定的爱国精神体现。他是一个"自由主义"的典范。我曾经无法相信在那种革命年代的纷乱中竟会容许有这样一号人物存在。

　　紧接着，到了1966年8月，骤然间一切都改变了。通过剪报，我得知在中国毛主席宣布了"文化大革命"的开始。报纸上的消息越来越令人心焦，中国正经历着一场浩劫。9月份，苏阿芒在信中提醒我，红卫兵已经去过了他家，他们焚烧了他的外文藏书和所有国际信件，没收并捣毁了他的打字机，状告他为反革命分子。

尽管经历了这些动荡，我们仍然保持着常规的通信联系，这又持续了两年。信中，他的笔调愈发忧伤，心境愈发悲凉，他为祖国所遭遇的劫难而忧心忡忡。然而，我们的信件却能够奇迹般地躲过监察。他趁着这种蹊跷的有利形势，分批将一大叠的资料寄给我。如此，他的全部诗文和家庭照片得以保存下来。

　　随后，从1968年春天起，一切都终止了。我的信件寄出后有如石沉大海，杳无音讯。六个月的沉寂之后，我意识到了可能发生的一些更糟糕的情况，便停止给他写信了。

　　此刻，我们将年份牌翻回到1957年。当我还沉浸在剪报"修书"的愉悦中时，另一件重要的事发生了，这几乎奠定了我未来的事业基础。经历了这场"大排演"后，我终于站到了新闻工作的舞台之上。尽管我那严厉的意大利文法教授将我的作文批为"新闻体"，连及

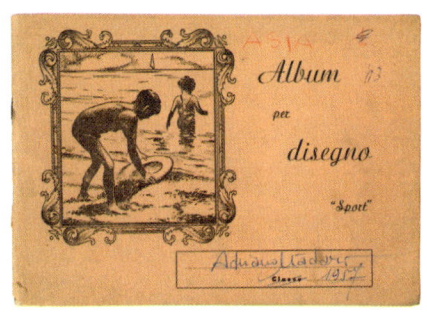

格也不肯给我，但是在小城里却有人评价指出我编的小报上的文章不乏可圈可点之处。于是有一天，小城中的一位知名人物把我叫了去，他是我们地方日报的记者。他告诉我，他很欣赏我做的工作，并且在和皮埃尔神父

1957 年，我的剪报册

的一次交谈中，产生了一个想法——创办一份学生报纸。我接下了一部分的编写任务，从收编我的国际信件开始，逐篇介绍我的国际友人们，编排了一整个版面，定题为《海外通信者》。《双V》杂志由此诞生。这份月刊吸引了众多青年学生的关注。我包办了那份报纸的几乎所有工作，包括审稿和排版。

与此同时，我每日都会去报亭里溜达一趟，打听是否有关于中国的报刊读物出版，但一直都没有新的出版物。

直到1960年，第阿古斯蒂尼地理学会出版了一套旅游杂志，分期介绍不同国家和地区的民俗风貌。第阿古斯蒂尼地理学会也是诺瓦拉市的一家出版社，专业出版意大利学校的地理教科书。从小学起我就熟悉了他们印制的地图。

事实上，那些彩色专题小册子被命名为《地图册》绝非偶然。我每周都在等待着远东区专题册的出版。我并不奢望一定是有关中国的，哪怕是有关朝鲜、越南、日本等国的也可以。我决定写信给出版社社长，向他咨询是否有出版相关内容的计划。他回复我说，他们已经编排好了一整年的出版计划，但是仍未找到愿意编写那些国家专题册的作者。于是我又写信给他，毛遂自荐，介绍说我自己很了解那些国家，能够负责编写那些专题册，并且还能够提供精美的图片。我的这种勇气被视为马到成功的决心，那位社长欣然接受了我的提议，嘱咐我上交一份工作计划给他，并且提醒我，在出版前我至少有一年的准备时间。

我不禁开始怀疑自己的这种莽撞与冒失是否有点儿过了限度。我哪儿来的勇气，在18岁时竟敢接下这样的任务？要知道，《地图册》的编写委员会可都是由顶级的大学教授组成的，其中有大名鼎鼎的阿尔玛加教授，他可是我们学习的地理教科书的编者。我一想到得写一本40页左右的专题册，介绍一些我未曾踏足的地方，便不由得觉得自己有些"厚脸皮"。好在我有充足的时间收集资料、研究考证：一整年！

1959 年 9 月，我在奥德尔佐的书房里写作

　　我想到，我可以从介绍朝鲜开始。战争的记忆尚未褪去，我父亲装订的那本战争报道应该还藏在家中的某个角落里。然后，我可以介绍中国，囊括从长城到长江的范围，我相信这一定会吸引众多的读者。

　　鉴于我刚同西贡的一位女学生建立起书信往来，我便想到了第三本专题册可以写越南。我写信向社长介绍了详尽的工作计划，他同意了。我又写信给首尔的《韩国时代》，他们刊登了我的信。一个月之后，资料如倾盆大雨般从天而降，将我掩埋，包括照片、幻灯片，还有在美国的"韩国研究"分部给我寄来的宣传册和照片。

　　关于越南，我那西贡的朋友则指给我一条明路：巴黎的法国政府海外领土文献资料办公室。日后我在编写柬埔寨专题册的时候，他们也为我提供了一些资料。

　　就剩下中国的资料有待解决，但我所需要的仅是照片资料，因为我已经在脑海里想象了无数遍环游中国的旅程，也已经搜集了从戈壁滩到扬子江流域富饶省份的所有信息。

在那个年代，意大利追随美国的国际政策，没有承认中华人民共和国，因此也没有同中国建交。中国也尚未恢复在联合国的合法席位。离我最近的中国大使馆在瑞士。作为中立国，毛主席宣布新中国成立后，瑞士就同中国建交了。

于是，我自作主张，给伯尔尼的中华人民共和国大使馆写信，请他们帮助我搜集图片资料。文化专员劳辛先生给我回了信。此后的几年间，我与他一直保持着书信往来，还与他见了面。同时我也给新华社和北京的外文出版社写了信，他们也给我寄来了一些图片资料。

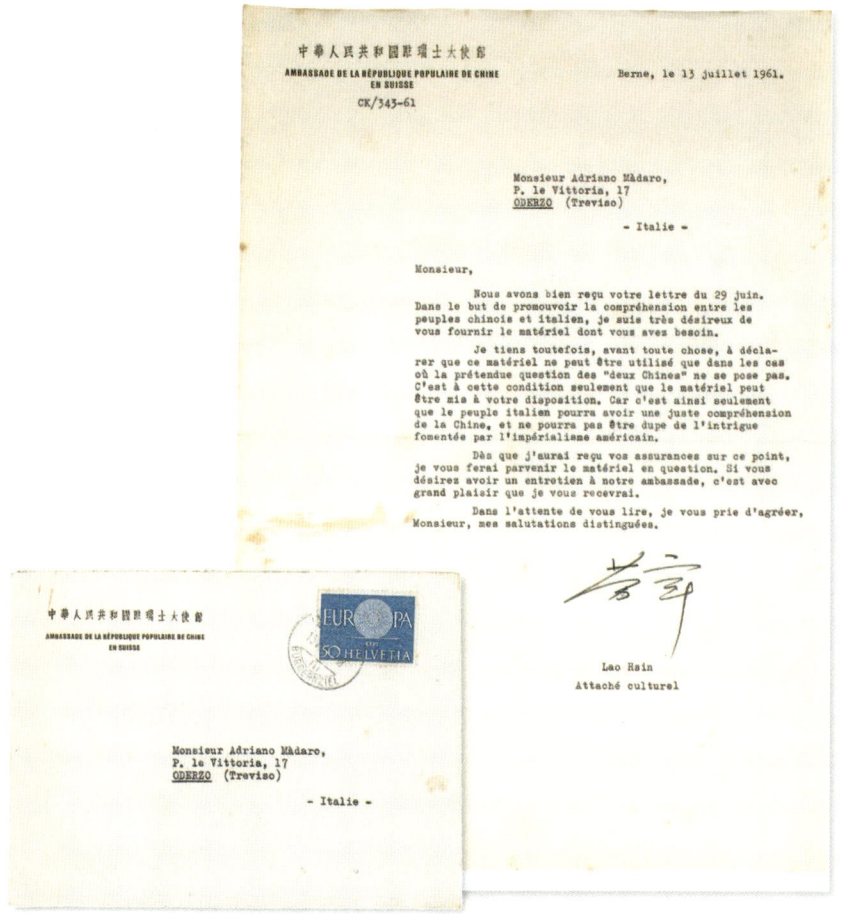

1961 年，中国驻瑞士伯尔尼大使馆文化参赞给我的来信

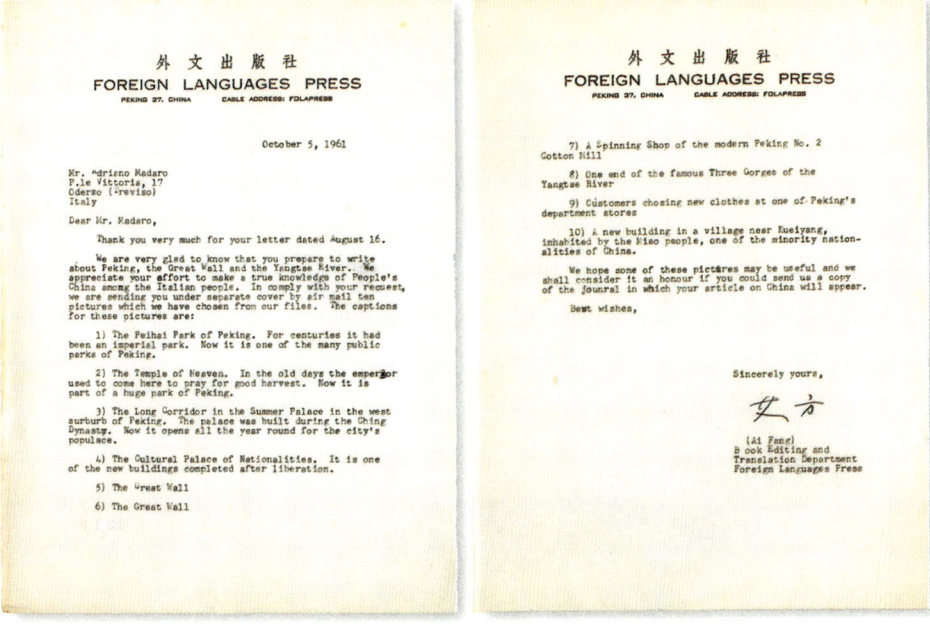

1962 年，外文出版社从北京寄给我的信

左页图：1961 年，中国新华社从北京给我的来信

我的工作进行得轰轰烈烈。1961年底时，关于朝鲜的长篇文字内容已经写就，并配上了图片。我将所有内容寄往米兰，焦急地等待着他们的回复。没过多时，等来了肯定的答复，专题册将在2月出版。我将会得到一份丰厚的酬报，终于可以在银行里开立一个我的账户了。

这一次的成功也为其他几本关于中国、越南、柬埔寨、菲律宾等的专题册的编写打开了通道。我至少拥有了两年的工作。

拙作朝鲜专题册在意大利各地报刊亭的热卖带给我的是一种无以复加的激动：时至今日，我仍然记得那天早上，在去上学的路上我路过报亭，买了一份自己的作品，读着自己的名字，胆战心惊地翻着那些书页，几乎是偷偷摸摸的，生怕被同学们发现了。但是对我那忠实的好友兼同桌皮埃尔，我必须毫无保留。他立即"出卖"了我，将这本册子展示给了教授看。教授草率地翻了几页后就喝令我将它放回书包里，并下结论道"纯属浪费时间"，我应该把心思放在学业上。

1962 年 2 月，《地图册》杂志刊发了我撰写的《朝鲜》专题

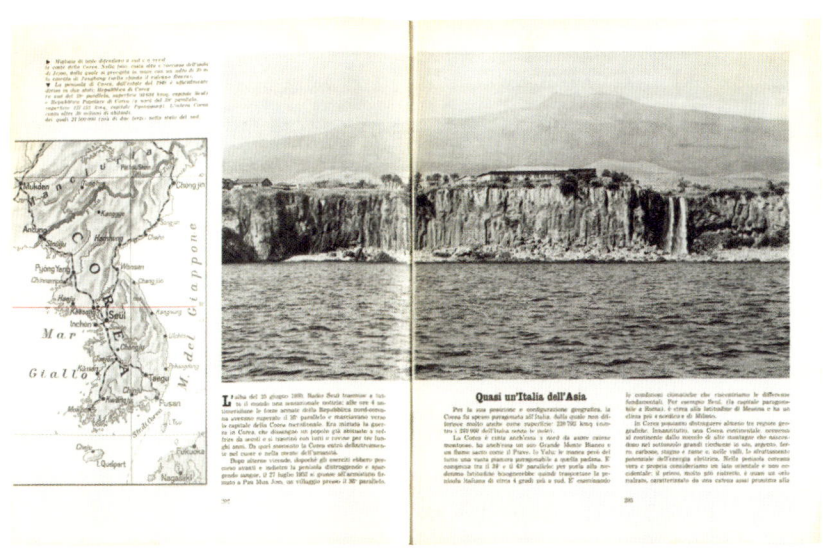

Quasi un'Italia dell'Asia

Prima di andare al cinema non sapevano cos'era il bacio

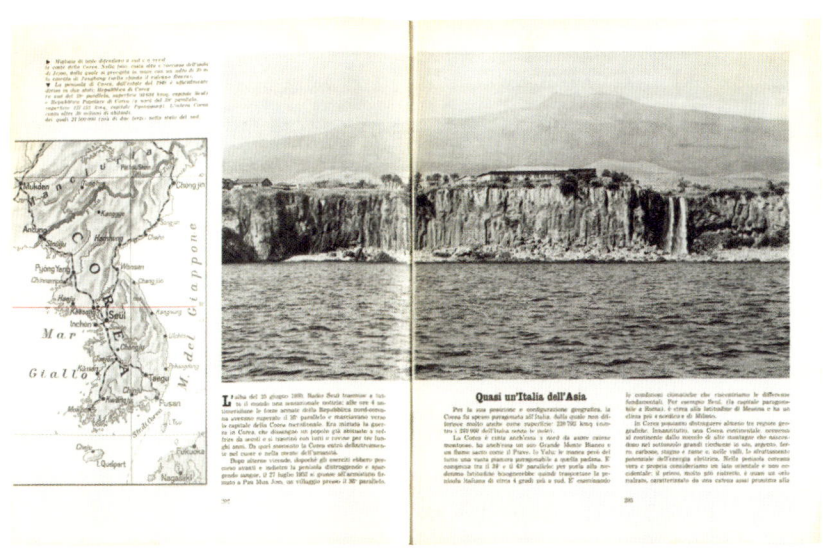

我与中国的"个人外交"进展得一帆风顺：我不断地从伯尔尼收到各种宣传资料，这对我了解中国的方方面面都十分有用。

如此，我将美国政府诅咒似的说教、欧洲各国暧昧不明的对华态度、苏联由于一时愤怒心血来潮的反目和中国的自我立场做了一个比较，再加上每月从天津来的信件，在我心中逐渐形成了一个比较明确的概念，一个相对成熟的观点：中国象征着这个星球上最神秘也最有意思的人类精神改良实验室。我必须要亲自去看一下，自己弄明白那些隔着遥远的距离无法弄清的真相。

我的图书馆在扩充，我的知识也是。剪报也在增加，因为我那波利的爷爷，每天都会读《晨报》，他将那份报纸上有意思的内容都寄给了我，同时报亭经售人也引进了许多家新报刊。

从伯尔尼寄来的出版物也大量增加：显然是使馆文化专员向北京的外交部门提出了申请，让他们多寄来些我所要的资料。除了宣传资料外，我还收到了许多关于历史、艺术、考古、旅游、社会等方面的非常有意思的专题册，其中我最感兴趣的，要数中国政府对国际时事的政治立场的相关政治资料。通过阅读这些法文或英文的资料，我终于建立了关于中国问题的独立观点，这些观点与西方，尤其是美国的观点是如此的迥异。当时的西方世界看待中国的视角仍被殖民主义文化思维蒙蔽着。尽管来自中方的资料有着盲目的革命激进主义倾向，但是历史的事实使我们能够善意地去理解中国的论点。此外，在50年代，新中国刚站起来以后，的确实现了许多进步。

60年代初，大使馆还给我寄来了一份有关不同领域时事的油印周刊：包括政治、经济、文化、科学各方面，一些在西方报刊上读不到的消息。这对我形成对当代中国的概念至关重要。我通读了这些资料，对其中的内容进行选择性的吸收。我这样做，完全出于我的辩证意识，但或许也可以说是一种交流的艺术，有助于真正理解这些报刊评论，将其变为自己的东西。而且这也是从中国引进的新思维模式，它反映了毛泽东时代中国的精神本质。

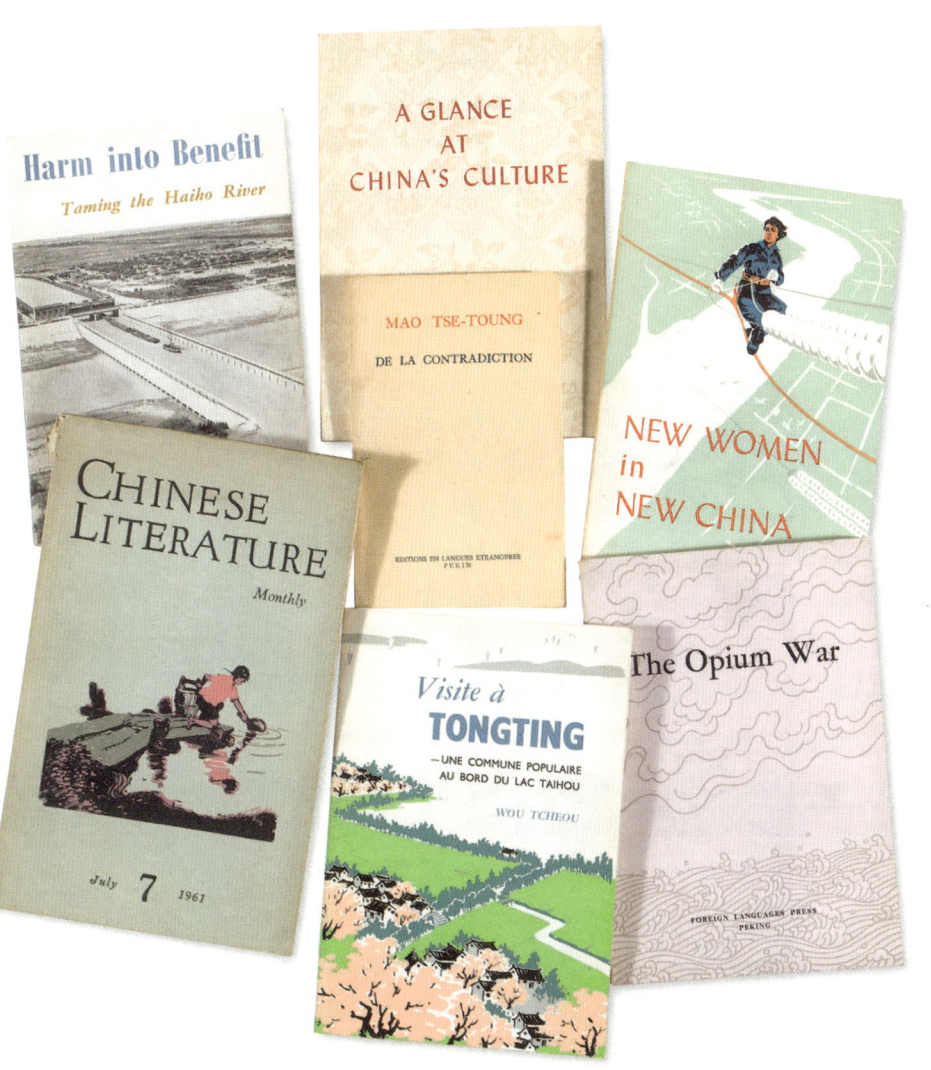

1962 年，北京的外交部门寄给我的一些有关中国的外文杂志

BULLETIN d'INFORMATION

de l'Ambassade de la République Populaire de Chine

Numéro spécial du XVIème Anniversaire de la Fondation
de la République Populaire de Chine

Section de Presse

Berne, le 25 septembre 1965

Le président Mao causant avec les métallos de la province du Anhouei

中国驻瑞士伯尔尼大使馆寄给我的法语版《信息报》

1962年，我撰写的其他《地图册》杂志专题册封面

与美帝国主义狂轰滥炸的媒体宣传效应不同的是，中国的方式更为平和，更具建设性意义，因而也更为高明，可供考证。中国政府比起美帝，拥有更高的情商。在短时间内，我便迷恋上了这种中国特色的政治语体风格，从中汲取了我们尚不了解的东方哲学精华。

我的第三本《地图册》系列专题册出版后，社长写信邀请我去米兰，想认识我。之前我几次三番地推谢，但这一次挨不过了，必须得去。真相将袒露，他会发现我只是个还未上大学的小伙子，哪里是什么旅行专家！

我不情愿地上了路，心里忐忑不安，心想这下一定会终结我们那美好的合作。他们怎么会允许一个从未游览过那些国家的人来编写这些专题册呢，更何况我还只是个20刚出头的小伙子？

但我还是下定决心出发了。套上了我父亲留下的旧风衣，这下看上去至少也有25岁。但还不够，我必须再老成一点儿！于是，我乘坐傍晚从奥德尔佐出发的火车，晚上躺在威尼斯火车站的三等候车室长凳上过夜。第二天早上，免去梳洗，我搭乘上前往米兰的火车。下午

1962 年 12 月，《地图册》杂志刊发我撰写的《中国》专题册

两点，我准时赴约。已是11月深秋了，由于我在火车站硬板凳上一宿未眠，饥肠辘辘，眼圈发黑，挂上了眼袋，我又成功地给自己加上了几岁。总之，早晨我照了镜子后，发现效果极佳：我的形象简直不堪入目，但是效果好极了，至少我看上去不像个20岁的小青年。

当秘书向社长告知了我的到来，我进入了他的办公室。他惊奇地望着我，说他事实上期待的是我父亲。我回答道，我父亲在十年前就去世了，作者是我，请他原谅我。随即爆发出一阵笑声。他将指尖插进发丝中说道，这简直难以置信，写出那些文章的竟是一个我这个年龄的小伙子。他算了一下，我在写朝鲜专题册时才刚满18岁。

我窘得无地自容，但只能听之任之。震惊之余，社长告诉我，我写的那些文字是由第阿古斯蒂尼学会的编写委员会审阅过的，完全符合出版标准。甚至有人曾经置疑，在1960年怎么可能会有人到过中国旅游？但是从叙述的详细完整、描写的细致精准来看，应该是真正到过了中国。"因此，"他对我说道，"继续写吧。还有什么好作品能拿出来给我们看吗？"

第三部分

1962—1972

新闻业的一线实践

1964 年 2 月，在佩萨罗

新闻业的一线实践

　　那年秋天，我去了乌尔比诺念大学。在这里，意大利国家出版界联盟会，通过政治学系与社会科学高等学院之间的跨系合作，设立了一个为期四年的新闻学专业课程。这终于验证了我过去的意大利文法教授的预言：令他耿耿于怀的"新闻体"指引了我的选择，少年时代的我早已在心中埋下了志向——当一名记者。

1963 年 6 月，与大学同学在乌尔比诺（Urbino）

我得承认，那位神父，尽管对我抱有不良成见，却看得很准。25年后，他发现我和知名记者恩佐·比亚吉共同出版了一本有关中国的书，便写信向我道歉，还向我承认当时没有看明白我。我对他的坦诚感到无比荣幸，也向他致以我最诚挚的感激，感谢他指点我走上正途……

坐上了前往乌尔比诺的火车，映入眼帘的是车窗外马尔凯（Marche）山丘引人入胜的美景。我感到将过去的世界都抛在了身后，为过去那段漫长的里程画上了句号，又开启了一段新的里程。

我找到了一处亭子间，就在布拉曼特（Bramante）街的一幢文艺复兴时期的老宅屋顶下，这便是我的宿舍。我很快就认识了新的朋友，可以切磋学业，分享爱好与梦想。

1964 年，我撰写的关于乌尔比诺的文章在发行量最大的周刊《意大利晚邮报》上发表

1964 年 5 月，与作家科米索（Giovanni Comisso）先生在特雷维索

　　根据那段经历，两年后我出版了一本小说《青涩的果》，记述了我的大学生涯，还穿插了一段两位同学的恋爱故事，他们是来自布雷西亚的一位女孩和来自博洛尼亚的一位男孩。

　　我的意大利文教授，时任乌尔比诺大学校长的卡尔洛·波先生为我写了一封介绍信，帮助我认识了知名作家科米索先生。

　　乌尔比诺的大学氛围对我来说十分完美。周围的环境也十分高雅：一切都在向我们诉说着有关费德列克公爵、拉斐尔（据传他出生在我住的那个亭子间里）、建筑师伯拉孟特、皮耶罗·德拉·弗朗西斯卡、画家保罗·乌切罗和劳拉那的故事。总而言之，在空气中你可以呼吸到历史的气息。我们浸淫在文化的洗礼中，不知不觉地汲取着它的养分。

　　我们坐在16世纪风格的大教室中听课，窗外的那幅画卷俘虏了我的眼球，掳去了我的心灵。我不知该如何表达我对那个地方与那个遥远年代的眷恋。与一群朋友一起，我们创建了一个小小的文化圈，聚会的地点便设在共和国广场上那家古老的巴西里酒吧的一处角落里。

那是我们理想的厅堂，每当窗外更深露重，我们仍在激烈地讨论着文学、艺术、政治。

1968年的学运离我们尚远，但我们已经能够察觉到这股新的风潮正向我们这边吹来。我所传递的对中国、中国革命和毛泽东的认知时常成为讨论的焦点。说实话，当时还真是找不出一个同我们唱反调的人，大学的环境几乎都是左派的：即便存有天主教左派和世俗左派之分，却都是反法西斯的。如果我们中间混进一个右派人士，他立刻会被视作"尼安德特人"；如果是来自弗利省区的，那就更糟糕了，那儿可是墨索里尼的老巢。即便真的混入右派人士，他也只能挤在我们中间，不带任何歧视与偏见。

乌尔比诺古城在我身上施展着她的魔法，让我对政治跃跃欲试。最高级别的一次参与是在1964年8月，我组织了一辆大巴，载着我的同学们去罗马出席意大利共产党领袖帕尔米罗·陶里亚蒂先生的葬礼。我以钟摆的方式度过了那四年：在乌尔比诺上两个月的课，然后回奥德尔佐，在家学习，然后又回乌尔比诺参加考试，之后又回到家里。我继续编写《地图册》分集，还为几家报纸和杂志撰稿。

1963年夏天，7月间，在回乌尔比诺参加8月会考之前，我在海滨小镇耶索洛的舅舅家里小住了几天。我上一次去海边还是十年前，1953年那个悲惨的夏天，我父亲离开我们的那个夏天。从那以后，每年夏天母亲只带我们去山里的小城度假。出发前的两三天，一日我走在沙滩上，瞥见了一个身着黄衣服的小女孩正在玩迷你高尔夫。我停下来看她。她太美了，碧绿的双眸，一头栗色的秀发垂在脸颊两侧，仿佛是两瓣羽翼。她叫菲兰彩，当时年仅16岁。后来她成了我的妻子。带着那一丝心跳，我回到了乌尔比诺。我给她寄去了几张明信片，秋季我便请求她的父母允许我同她交往。她住在特雷维索城，我便在城里圣维多广场的舅舅家里驻扎了下来，奔走于奥德尔佐、特雷维索、乌尔比诺三地之间。

  在此期间，我也经常去拜访作家科米索先生。他让我帮他校订他的作品全集。我们在一起写了许多文章、信件、短篇杂文、回忆录等。对我来说，这可是非同寻常的写作课。科米索先生是一位名副其实的大师。事实上，我总是满怀敬意地称呼他为老师。

  从他的书中，我得知在1930年时他到过中国，是由《晚邮报》派遣的。在写字台抽屉里，放着一个纸袋，里面装着他拍过的照片底片。只是由于吝啬，他从未将它们印刷出来。我向他索要这些底片，他同意赠送给我，条件是让我多印一份送他。说到做到。

  然而老师向我讲述的中国，与我在那一段时间通过自己的了解所构建的意象截然相反。他的回忆类似于末世论：遍地是贫穷和肮脏，鼠仓般的城市，街市楼房摇摇欲坠，而北京城则是满目疮痍。唯有青

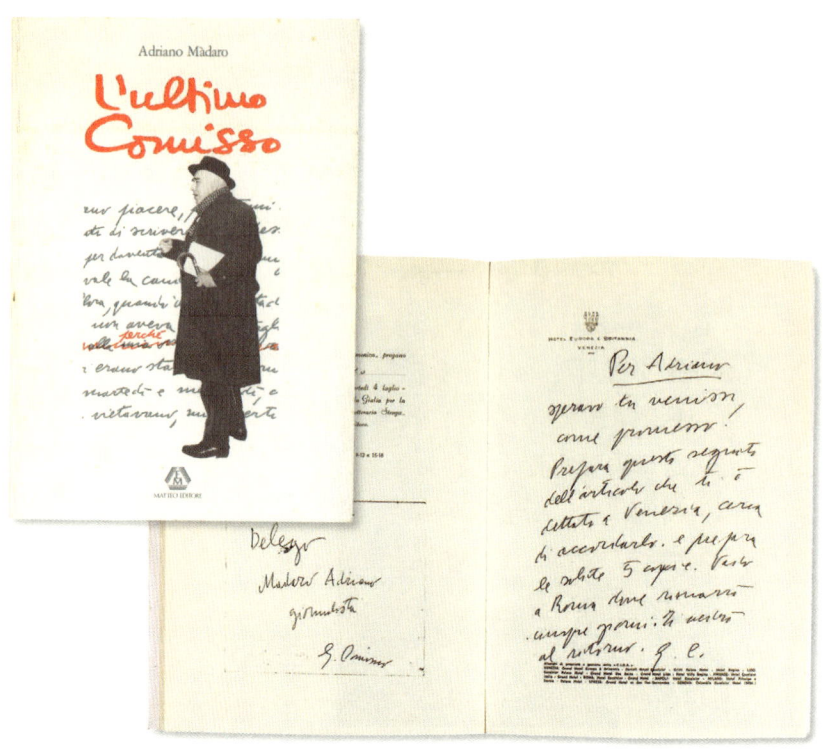

作家科米索先生的著作和他拍摄的 1930 年代的上海街景

楼茶馆传来的说笑声和鸦片馆缭绕的烟云才能驱散些许四周的沉重气氛。当然这只是他的一家之言而已。最后，他为了劝服我绝对不要去想什么中国之旅，就给我打了这么一个比方：如果你想要看一眼上海的一角，只需走到菜园里，看一看水渠岸与篱笆墙之间的空当。那儿有一道芦苇编的隔墙，到了黄昏时分，添上点儿想象力，就成了他记忆中的"上海一角"了。我感到有点儿将信将疑，决心一定要想办法自己去看看。

但是如何下手呢？除了费用以外，中国当时还是相当封闭的，根本不可能给个人签证，此外还有语言障碍那道不可逾越的鸿沟，我怎样才能飞跃过去呢？飞往中国的航班都是从东欧出发的，途经莫斯科、新西伯利亚、伊尔库茨克、乌兰巴托。转机、等待，要耗上好几天时间，再加上入关检验。也许海路要方便些，但是没有哪家西方的船运公司是前往上海的。

我努力地寻找着驶往远东方向的船东。有一位搞旅行业的同乡热心地帮助了我。他向我介绍了三位船东，我选择了其中的劳罗（Lauro）船队，直接同船主交涉。我相信他一定能耐心地给我建议。我的判断很准。我写了一封简短的信，寄给"阿奇利·劳罗船长"。信中列出三点：为了准备我的大学毕业论文，我必须做一次远途的出国旅行；目前我没有经济实力承担这样的一次旅行；我可以作为一名见习水手住在他的船上，这对他来说不费吹灰之力，但是对我来说，却象征着对未来的一次巨大投资。他很快给我回了信，说我的信触动了他。他让我同他在特里雅斯特的代理人联系，他已经和代理人打过招呼了。我可以选择搭乘一艘适合我的旅行计划的海轮。

三星期后，我登上了劳拉·劳罗（Laura Lauro）海轮，出海了。这是一艘一万吨的商船，前往巴基斯坦、科威特、伊朗、伊拉克、沙特阿拉伯、卡塔尔，最后到达印度，装载铁矿后，再决定前往新的目的地：可能会是日本，甚至是中国。我离梦想仅一步之遥。

1966 年 4 月，在伊朗港口

　　1966年春季，淫雨霏霏的一日，心绪不禁有些烦躁，我却要开始
为期几个月的海上之旅。不过，这一次我并没有到达中国，这还要再
等上十年。然而我却实现了我的记者梦，因为这次旅行使我能够撰写
一些文字，发给多家日报，刊登在第三版上，尤其是能够搜集第一手
资料，拍摄照片，用于出版其他几本专题册。这一回，终于是用我的
亲眼所见，用我那珍贵的禄莱相机，记录下每一寸旅途的美好时光。
海上之旅生活节奏分明，多日的航行与长时间的停泊港岸，卸货装货
互相交替着。当然，我并没有成为见习水手，而是作为船主的"贵
宾"被优待着。

我沿途游历了许多城市和周边地区，有时我甚至离开海轮多日，写作、摄影、录像。行文至此，我想摘录我的航海日志的最后几页文字，这是返程前的最后一个夜晚，在印度的一个海边小村庄里写下的：

……又是在海滩边度过的一个夜晚，我不知道我是合过眼，还是遐想联翩，辗转反侧了一夜。水手们来找过我，他们一定认为我会自己走回到海轮上。

清晨，海风吹来了捕鱼者飘渺的话语声。他们就在那海滩上面。翻卷着泡沫星子的海浪正拍打着浮在岸边的渔船。身着曼妙纱丽的妇女头上顶着一条银色的大鱼，就像是戴着一顶小方帽。棕榈树下，另一群妇女带着一堆大大小小的铜罐，等候在一个喷泉边，小孩子们攀爬在母亲的胸前背后。茅屋还沉浸在酣睡之中，唯有乌鸦撕扯着哀伤地号叫。

一位卖香蕉的贩子走过。花了很少的几个卢比，我买了一串香蕉。紧接着，一群孩子欢快地朝我蜂拥而来。夜间的湿气侵蚀了我的筋骨，但当太阳越过那排棕榈树的屏障，洒在我身上时，顷刻间，我沐浴在生命之泉中。我的身体仿佛能够汲取其中的能量，迅速恢复体力。而咸涩的海水被岸边的沙石揉碎，发出凄美的呻吟，滋养着我的身心。

我进了村子。几位头发花白的老人靠着屋门，与狗躺在一起，正在熟睡。空气清新，弥散着花香。突然，我听到有人喊我，或是有什么人想要引起我的注意。是安东尼奥（Antonio），他正朝我跑来，几乎绊倒在沙滩上。他随即问了我一连串的问题："你在哪儿过夜的？从昨天傍晚起就再没见着你。你去找姑娘了，玩得快活吗？可以给你当向导吗？"

我雇了他为我服务了一整天。我想去瓦斯科达伽马（Vasco da Gama），我猜想大概就在那排棕榈树的那一面。我们需要备一辆车，而眨眼间，安东尼奥就办妥了这事：交涉了几句，就敲定了价格。

我在波斯湾和印度拍摄的照片

　　城市淹没在一片棕榈树的海洋中。汽车沿着水稻田开了一段路后就到了目的地。沿路时而遇见几幢低矮的殖民风格建筑，这是葡萄牙殖民统治的见证。圣牛们自由地漫步在街道上、田野里，肆意践踏着庄稼作物。在一处红绿灯路口，车队无法前行了，因为横卧着一头母牛，没有人敢惊扰它。甚至连喇叭也禁止按，交警也不会来干涉这事儿，将它移开。

　　终于，他们的神决定站起来，这下终于可以向市中心前进了。但市中心也到处是牛，蹲伏在店门前。道路上随处可见它们的光临留下的馈赠，贪嘴的乌鸦一拥而上争抢着。

　　圣牛们和乌鸦们是完美的印度社会的人群状态写照。滚烫的路面上拥挤着衣衫褴褛的人群，形容枯槁，眼睛却深邃美丽。女人们脸上印着腮红，鼻翼上钉着金鼻环。我猜，仅仅是擤鼻涕就可能带给她们可怕的疼痛。

　　在人群中，我看到了一些游手好闲的印度教苦行僧。凌乱的长发散落在肩上，上面吸附着橙黄色的灰尘，肉体被毒品和长期的禁欲所销蚀。他们有气无力地哼吟着经文，无人理会，只能收到微薄的施舍。

　　在一个交叉路口，一位瘦骨伶仃、衣不掩体的老人躺在地上，下面垫着一张硬纸板。他发出了濒死前嘶哑的喘息，却没有人去救助他。玻

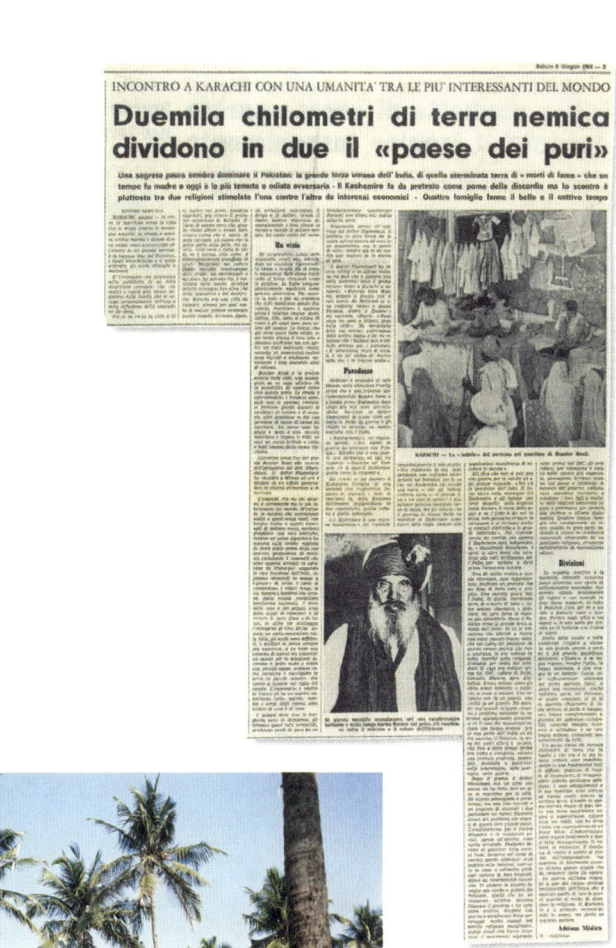

我在波斯湾和印度的旅行途中撰写的文章和拍摄的彩色照片

1966 年 5 月，在印度洋上航行

璃状的眼球朝向天空睁大着，但里面已经没有一丝光。他呻吟了一声，也许是一句祷告或是发出最后的求救。人群的冷漠让我感到震惊，为什么无人顾及他？在这样的烈日暴晒下，没有人给他喝一口水。他像一段枯木般躺在地上，思维已麻木，一块破布刚好遮住他那被饥饿与疾病雕刻出的躯体。我忿忿不平地望着他，想做些什么，但是片刻后我发现他已经不再动弹了。对死亡的恐惧仅属于我的西方式教育思维。

安东尼奥无所谓地望着他，跑去通知警察，警察则在他的岗亭中不动声色地观望了很久。随后来了两位运尸人，他们像捡垃圾一般将他收了起来，随手扔在一辆板车上。他将会被运到公共火葬场，无人会知晓他是谁，叫什么名字。焚烧他的尸体产生的烟雾会冉冉升腾，直抵迦梨女神（Kalì）或毗湿奴女神（Visnù）的天庭。他的灰烬将被洒在空气中，回归土壤，同牛粪拌在一起，最终被横扫一切的季风给清理了。

安东尼奥惊讶地望着我，仿佛在对我说：仅仅是死了一个可怜鬼而已。能够为我背照相机，他很兴奋。我让他去水果市场，买一些吃的来。

在市场前，成群的乞讨者捡些菜皮烂果就能果腹。路边的小摊上卖着一种黑色的小饼，用石油般漆黑的油炸成。周围的一切都笼罩在宗教的氛围中，但是每前行一步，贫穷与痛苦就会羁绊着你。食物是存在的，但仅有少数人有钱买。大部分人只是盯着它们看，等待着有谁能施舍一些或是扔些吃剩下的。

安东尼奥告诉我，有许多孩子每天仅靠吃一只芒果来维持生命，这是他们成人前的唯一食物……

我的印度朋友们在汽艇的停泊处与我会合。首先是安东尼奥，还有一位美丽的5岁小女孩，阿尼安达（Anianda）。她紧紧地拽着我的手，不时地要我把她抱在怀里。当父母被淹死后，她就同8岁的哥哥相依为命。阿尼安达和然金（Ranjin）坐在太阳底下等着我，这些天里他们同安东尼奥一起为我做导游。这是最后一天，但我没敢提这

1966 年 4 月，在科威特

个。阿尼安达像一只小猴子似的钩在我身上，我无法将她放下来，她用祈求的眼神望着我。然金将她猛推了一下，抱她下来。我跳上了汽艇。望着阿尼安达，我几乎要哭了出来。我深知将再也见不到她，也见不到然金和安东尼奥。

当汽艇驶远后，我伤心地望着他们，他们的身影蜷缩在被风扬起的红色沙尘里。海轮在岸边看来就像一只小小的黑色蜗牛壳，如今它已是满载而归了。蔚蓝的天际线悬在广袤无垠的大海之上，环抱着我们的海轮，而海轮就像一件微不足道的小东西……

回家后，我完成了大学的学业，以政治学观点写就了一篇题为《在亚洲的底层》的毕业论文。我向省教育厅申请了在初中教授文学的职位，被指派去奥德尔佐附近的一个小镇带班。我开始了上午在曼苏瑷小镇教书，下午在特雷维索一家日报社当记者的生活。

1967—1968 年，我在大学毕业论文《在亚洲的底层》中，用 80% 的篇幅描写了中国革命，20% 的篇幅描写了越南战争

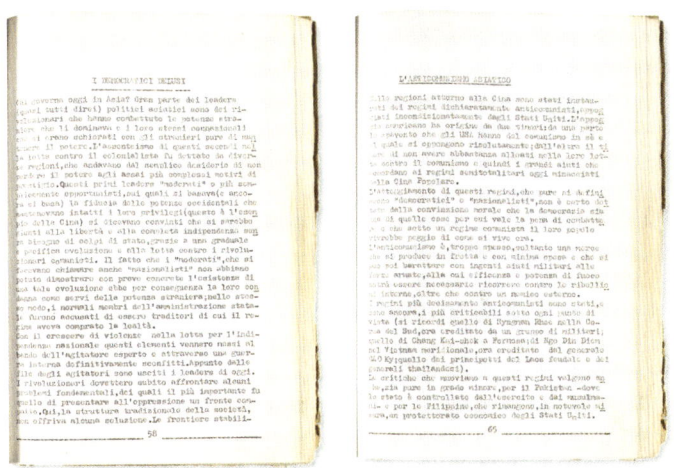

1969 年 8 月 13 日，我和菲兰彩在特雷维索结婚

经过三年的省吃俭用，我终于攒够了钱。于是，1969年8月，我和菲兰彩决定结婚。我也正式搬到了特雷维索市居住。此地我熟悉已久，尤其是在艺术界我建立了一个朋友圈。我经常出入美术馆。我为日报撰写的那个艺术评论专栏有很多人追捧。和菲兰彩一道儿，我们不断地丰富着社会生活，扩大交际圈，积极活跃地参加各种展览开幕式、艺术家介绍会、晚餐会和各种节庆活动。

我的阿拉伯—印度之旅被记述在一本报告册中，我将它们称作"我到过的国家"，唤醒了不少人的好奇心。我经常被邀请去参加会议，其间也时常提起中国，从未忘怀，就像我从未忘记过我的兄弟苏阿芒一样，尽管长时间的寂静让我感到担忧。我怀疑发生了更糟糕的情况，因为我寄去的信一直都无法收到回复。

我继续教了几个月书后，1970年，与两位朋友一起，创办了《特雷维索七日谈》这份周刊，此刊很快就升级成为《威尼托七日谈》。我迎来了记者生涯的"高峰期"，却也恰巧逢上了一段政治紧张时

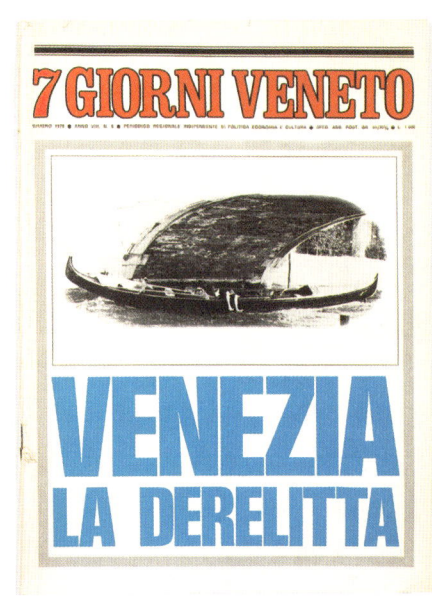

1970 年 9 月，我创办的《特雷维索七日谈》第一期出刊

期。我公然与反法西斯派站到了一边，经历了这一季意大利的恐怖主义，为捍卫民主，调查有关"压力政策"的事件并撰写新闻。

1969年12月，由未知的恐怖分子一手策划，米兰的一家银行里发生了一起炸弹爆炸案件。人们立即将罪名归在无政府主义者头上，但是在特雷维索市，我很熟悉的一位青年教师告发了威尼托大区的一批新法西斯分子，因为他们其中的一位曾向他透露过消息。

我同特雷维索市的法院合作，帮助史蒂兹法官深入调查案件，找到了一些"黑道"地下党派组织的犯罪证据。我的周刊随即同勇敢的法官站在了同一条战线上，调查其他的地下恐怖组织。这给我招来了不少的死亡恐吓，也损毁了名誉。一段时期内，我有一个护卫队。此外，我的报社距极端右派政党的总部仅50米，那家政党经常明目张胆地包庇一些叛乱事件。随着法庭调查的深入，《特雷维索七日谈》的报社成了全国各大日报的特派专员的集会点。

1973 年 8 月，菲兰彩和我们的大女儿阿莲娜（Arianna）在特雷维索

与艺术家阿曼
多·布索在奥
德尔佐

　　来年的初夏，我的长女阿莲娜诞生了。我实在无法表达心中的喜悦，我想每个做父亲的都深有同感。

　　70年代的头几年，我一直埋身在新闻事业中，突然间，特雷维索安详的旧状发生了骤变。在过去占重要位置的艺术突然被迫让位于其他的话题。政见分歧引发的唇枪舌剑占据了各报刊的大片篇幅，有时这些纷争越出了纸上的战场，转换为拳脚相斗的暴力性抗议。

　　在那一时期的所有艺术家中，我同阿曼多·布索先生一直保持着深厚的友谊。他也是奥德尔佐人，一位富有人情味的画家。早在大学时期，我就经常去他的画室做客。我收集了他的艺术人生故事，做成了一系列专题册。跟随着阿曼多，我燃起了更多的艺术激情。我得

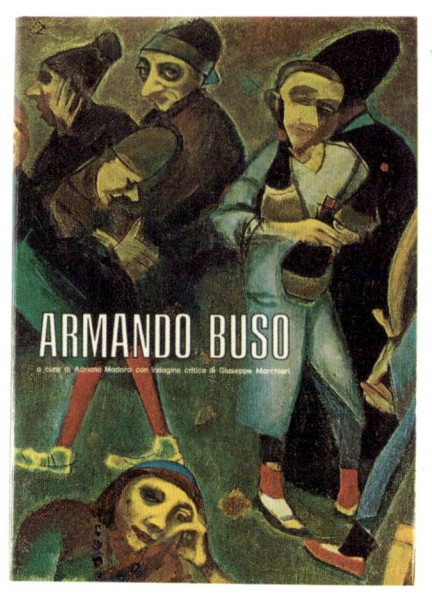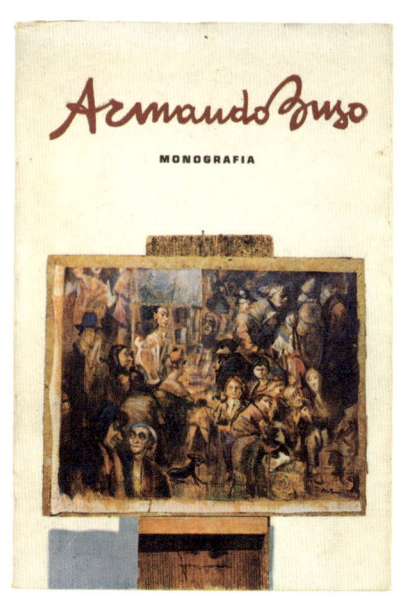

作为策展人，我给画家阿曼多·布索的画展编写的论文集

承认，看他作画，我也不禁想要抓起画笔，在调色板上挤出一罐罐颜料，就像初中时一样。绘画是我年幼时的爱好之一，我承认又将这个爱好捡了起来。

　　70年代的末期，每当我同菲兰彩和女儿们去小山上郊游时，我们都会在草地上摊开一张布，从汽车后备厢里取出我的那盒颜料。我调好颜色，发给女儿们每人一张纸、一支画笔，我们乐此不疲地创作着我们的"风景画"。那段时光中，多少个周末，蒙特罗小山（Montello，意大利语中的含义就是"小山"）上的郊游是如此令人神清气爽。我们兴高采烈地载着宝贵的战利品回到市区的住所：松脂块、扎成小束的野花儿、树叶、奇形怪状的石头、蜗牛壳。山里那股新鲜的空气为我们新的一周注入了养分。

我编写的《20 世纪特雷维索艺术家》图录

　　每周我的大部分时间都泡在报社和印刷社中，把好报刊出版前的最后一道关。每周三早上我们的报刊将如期出版。除了要撰写大部分的文章之外，我还要排版、设计封面。总而言之，那段经历绝对称得上是在新闻业第一线的实战：政务活动和出版工作。

　　我不能忘怀的是，1970年夏天我出版了我的第一本书《20世纪特雷维索艺术家》。这是一本记录所有特雷维索市艺术家的图册。我花费了不少心力，逾越了他们之间存在的嫉妒、厌恶感与对抗，才将这群艺术家们汇集到一起。我想，正是这本书，为我未来在特雷维索市的文化活动奠下了一块基石。

第四部分

1972—1982

首次中国之旅

1976 年，我的第一本中国签证

首次中国之旅

在忙于办周刊的同时，我们预感到通过电视传播的美国式新闻业时代将要来临。当时意大利相关的法律都比较自相矛盾，为了不处于被动地位，不受控于实力雄厚的传媒业巨头，我们创立了"威尼托电视"电视台。在意大利的其他省份也有类似的频道出现，大都是由一些记者团队自发创办的。我们与这些新兴的同行保持着联系，在威尼斯组织了一届全国业内同行大会，通过各大报刊的宣传，引来了不少关注，尤其是罗马政府当局。我们支付了税收，贷了款，租赁了几间屋子用作电视台的工作室，聘请了一些技术师，购买了摄影机、调音设备和剪辑设备。演员阿伯特·路波也来访问了我们，表示了他的合作诚意。我被任命为大区内7家电视新闻频道的主管。

正当一切准备就绪，一些投资商也上门来提供资助之时，政府的一道禁令斩断了我们的所有计划。有线电视被禁止，邮政警察没收了所有的仪器设备。我们所剩的只有债务。这次的冒险经历只持续了几个月。我们过早地预计了未来——要等到15年以后，意大利才将私营电视台合法化。这次尝试的失败对我来说是一次很大的打击：与我合作办报社的两位朋友，乔治和弗兰克，都和我一起投入了金钱、精力和希望。政府的铁腕出击，将我们置于困境之中。

我们利用手上唯一合法的武器来反抗：我们的周刊。我们同政府当权的政党——天主教民主党——唱反调，而后也开始反对社会党，因为在我们看来，他们并没有捍卫电视传媒的自由。

从1973年起，直到八年后停刊之前，我为这份周刊投入了全部的心力。虽说是主管，事实上我却担当起了这家报刊的"苦力"，终日里伏案疾书，甚至还负责设计与排版印刷。并非我愿意做一名包办者，而是我们实在没有余钱另外雇佣一位助手。也根本谈不上什么修性炼骨！那只是一段非常有意思的经历。

当日后我被全国第一大报社聘用时，作为一份新报刊的负责人，我将坐在面朝绅士广场的宽敞明亮的办公室里组织编辑工作，我想这份荣幸并不是偶然降临于我的。我作为一名记者的素质，已经经受过

1973 年，各种报纸和杂志刊登了我对意大利免费有线电视的建议

1975 年 4 月，与意大利前总理马里亚诺·鲁莫尔在维琴察（Vicenza）

像验血一样严格的检验和鉴定，水准都到位了。由于另一家出版社已经同市政府签订了一项协议，租用绅士广场的办公室，那份日报最终并没有创刊发行。但不要紧，因为之后不久，威尼托大区最大的日报《小报》（Il Gazzettino）聘用我为特雷维索省区的主编。如此一来，一场竞争便无法避免了。

　　八年间，我呕心沥血，为创办周刊付出了我的所有。《威尼托七日谈》的实战经验历练了我，教会了我坚持与抗争。我的生性并非好斗，较之于谈判，我更擅长使用外交策略，但以保持尊严为前提。然而，我时不时地被卷入困局，不得不去争斗。这都是1973年之后的事儿。那一年我尝试创立电视台，却惨遭失败。从那以后，我开始了长年的日报记者生涯，但那并不是我最理想的职业，我真正的梦想是去远方旅行。

1977 年 11 月，我的二女儿弗兰西斯卡（Francesca）在特雷维索

1974年圣诞前，我的二女儿弗兰西斯卡诞生了。我重又体验了三年前的那份喜悦。

随后，突然间，中国浮现在我的地平线上。1971年意大利终于承认了北京的中华人民共和国政府，中意两国建交。伯尔尼的使馆通知我，在罗马即将设立大使馆，以后我可以同他们直接联系。我认识了新的大使韩克华先生，他是一名杰出的外交家，日后成了中国国家旅游局局长。他的夫人郭立文女士日后成了全国妇联书记处第一书记。

我被邀请赴罗马参加10月1日的国庆盛会，在那儿我还认识了参赞陈宝顺先生，他后来任中国驻米兰总领馆第一任总领事。他的夫人沈女士是一位出色的翻译。我与他们成了非常亲密的朋友。

我并不代表任何机构，只是一个普通公民，因此我无法邀请大使来特雷维索。威尼托大区的企业家们对中国表现出了极大的兴趣，然而，四年间却没有人想到邀请大使来我们的省区访问，我觉得这是个很大的遗憾。

我找到了特雷维索省长，开诚布公地向他谈了此事。他对我的提议很感兴趣，随即找市长和商会主席商议了此事。他们一致同意，并派我作为使者。我前往罗马，签下了那次历史性会晤的议定书。外交界的朋友们称赞了我在那次事件中所起的关键作用。接下来该由他们邀请我去中国了。

　　地方上的各大报刊并未对此次外交使团在特雷维索市的访问给予充分的关注，但是我主办的周刊连续出版了两期特刊，全方位报道了中国使团的此次历史性来访，开篇便向来访使团致以热烈的欢迎词。

　　那一年年末，我收到了邀请，去参加在巴黎举办的一次国际性会议。会议的议题是"富裕国家和贫穷国家"。在那个年代，中国自定义为最大的发展中国家，因此属于贫穷国家这一方。事实上，我正是去出席了讨论中国的那一日会议。我认识了中国的驻法大使，他当时是中华人民共和国驻西欧的外交使团首席使节。他向我说道，是时候准备行李去中国了。

1975 年 2 月，我受邀出席中国外交使团在特雷维索的访问活动

1975 年，《威尼托七日谈》杂志封面和文章。作为该杂志的主编，我撰写了中国大使韩克华先生访问特雷维索的专题报道

1976年4月底，我乘坐中国民航每周一次的巴黎—北京航班，途经卡拉奇，辗转来到了中国。就这样，我的第一次中国之旅拉开了序幕。

　　我终于可以亲眼去看一下30年来我日思夜想的国度，这恰巧验证了那句中国俗语——"百闻不如一见"。在卡拉奇转机，我只停顿了一个小时，这距我上一次坐海轮到达此地之时已有十年之遥了。一想到下一站我就要踏上中国那片热土，我便按捺不住喜悦与激动。我们飞越了印度的上空，下方浮现出了雪峰，那是喜马拉雅山脉，它那俊朗的身姿投影在墨水蓝的夜空里。

　　越过了K2峰（乔戈里峰）左侧后，一位空姐来到了我面前。她身着制服上衣和蓝色的毛呢裤子，晃着两条乌黑的麻花辫，面色略微

1976 年 4 月，我乘坐巴黎—北京的航班到达北京首都机场

1976 年 4 月，在北京首都机场

有些尴尬，提醒我说，我们正在进入中国领空，不可以再对着机窗外拍照了。我的莱卡相机好不情愿地收起镜头，我将额头抵在机窗玻璃上，双眼贪婪地盯着那连绵无尽的山峰，眼见着它愈趋平缓，最终跌落在干涸的黄土高原之上，而在我们正下方的塔克拉玛干沙漠正呈现出它那灰粉色的妆容。

黄昏的落日射来一道金色的余晖。不久后，暮色席卷了这一片尘埃。远方的天际线上竟浮现出了一连串紫色的山丘，上面伏着一条银灰色的蛟龙：长城！它就在我的下方，被包裹在绯色的暮霭中，我仿佛能碰触到它那热血涌动的身躯。从我最初得知它的存在之时算起，多少年月过去了？四分之一个世纪！小学时代的我曾经痴痴地在笔记本上记下了它那光辉的名称；如今我飞行在它的上空，下一站飞机就要在北京着陆了。

在北京机场的跑道上，我迈出了最初的几步。突然降临的夜幕笼罩了一切，唯有聚光灯下巨幅的毛主席肖像格外地引人注目。一排排的红旗在风中飘扬着。我专注地体验着这一时刻，万千思绪只有我自己明了。在春日里一个美妙的夜晚，我终于来到了中国。她就在我的眼前。掏尽了我的想象与阅历，我发现仍是有那么多的未知。我为这场相聚已准备了近30年。从儿时起，这块土地莫名地让我魂牵梦萦。如今，我已来到此地。千真万确！

已经太晚了，无法进城。晚上7点所有的公交和出租车都已停运，我只能在一个部队招待所里度过了第一夜。与我搭乘同一航班的中国人在下飞机后一转眼儿都不见了。

当时尚处于"文革"时期。我一进入机场，迎面就来了一位警卫人员，陪我来到了一家餐馆，安排我坐在一张十人圆桌旁，独自用晚餐。随后，他又带我来到了机场旁边的部队招待所。在门前的台阶上，我看到了自己的行李。一间四壁冰凉的屋子，一张铁行军床，一套简陋的被褥，这将是我今晚过夜的地方，好在还有热水供应。

1976 年 4 月，在天安门前

第二天一大早，我用过早餐后，一位翻译热情地接待了我。他叫来了一位司机，陪同我来到了新侨饭店。那是1976年4月29日，我在中国的第一次旅行正式拉开了序幕。

　　这将是日后216次中国之行的开端。那些日子的经历都记载于我在2011年出版的那本书中——《一个意大利记者眼中的北京》。

　　短短的五六天很快就过去了，我对中国的首次探访即将画上句号。走出了"竹幕"之国，穿过罗湖桥，我告别了毛时代的中国，又回到了所谓的"自由世界"。我感慨万千，这是一个需要用一生的时间来探索发现的国度。

　　中国边境上的那位站岗警察给我留下了深刻的印象：一身绿色的棉布军装，一双破旧的黑布鞋，除了插在枪套中的那把手枪之外，毫无军人气派可言。他十分友善地看着我，我用洪亮的嗓音向他说了声"你好"。跨过那扇插着英国国旗的铁门后，我回头看时，他那绿色的身影矗立在神州大地的广阔背景之中。

　　回到特雷维索后，所有知道我去过"封闭之国"的人都用好奇的眼光看着我。我到过那儿，那些人仿佛无法相信这世界上真的有中国。

　　逢到有人向我探问，我便告诉他们，我所到的地方固然不是人间天堂，但也绝非他们想象中的人间地狱。我到过那个生活有十亿人口的国度。他们像我们一样，有鼻有口，只是添了一双杏眼儿，执筷吃饭，书写和阅读我们看似天书的方块字儿。他们曾经饱受战争与侵略的浩劫，奴役和压迫之苦，也经历了沉痛矛盾的革命血洗，但是，现在是时候了，西方应当放下自己的傲慢，去看一看那个渴望改革开放，让世界了解她的悠久文明，争取她在国际上应有地位的中国。

　　那一年9月9日，毛主席逝世了。粉碎了"四人帮"后，改革与开放的呼声势不可挡，终于落实为一项基本国策。在西方的报界爆发了一场有关"共产主义"的争论，在意大利更是激烈，因为我们的共产党势力非常大，同莫斯科的关系非常密切，他们一致对抗北京政府。

1976 年 5 月，广东，五一劳动节　　1976 年 5 月，我在深圳罗湖桥离境

有关毛泽东思想的辩论持续了几个月。报纸讨论得越多，人们就越难弄明白真相。中国到底发生了什么？每家报刊各执一词，很难得出一个关于"长城那边不为人知的伟大国度"（日后成了我所著的一本关于中国的书的书名）的客观结论。

我像学生时代那样，收集了所有的报刊社论，包括一些国外的报刊，为我十年前的大学毕业论文做了一篇附录。两个月后，辩论的战火平息了，却留下了一片思维的狼藉。

我开始整理不同的社论，并参照近期发生的事件和过去的史实对它们加以批注。我的想法是要写一本书，讨论一下近来的时事，书名为《封页上的毛泽东》。书中最为关注的热点是近期在欧洲共产主义圈内的亲华派和反华派之间爆发的一些政治论战。我相信自己做了一件有意义的工作，至少，这本书作为新闻手记，有助于全面客观地理解中国，关于西方世界知之甚少的前30年，关于当下失去伟大舵手的时刻，关于不久的未来。

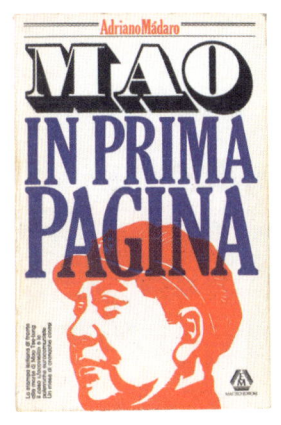

1977 年 2 月，在特雷维索举办《封页上的毛泽东》（Mao In Prima Pagina）新书发布会

> 我当时的观点与日后我所持的观点基本保持一致，即评判中国不能从我们西方的视角出发，而必须先要完全了解和明白（即便不能认同）她的视角，为此就不得不先了解她的历史和传统，简言之，她的文明。

一年后，我再一次来到了北京。感觉很奇怪，就像是回到了家。对第一次旅行的记忆是如此的深刻，一切都是那么熟悉。

翻译范先生与我定了一个协议：除了我必须准时出席的计划安排的活动之外，我可以自由地出门转悠，拍摄照片，而他对此可以是一无所知的。按照协定，他早晨9点准时来宾馆接我，下午5点陪我回宾馆。为了利用好剩下不多的几个小时，我清晨5点就起床，5点半我已

1977 年 4 月，与翻译范春生在天安门前

在街上晃悠了，一直到8点三刻。我有足够的时间，用双脚踏遍北京城的每一块地儿。

1977年的那个春天，我用相机记录下了三万多个美丽的瞬间，这些底片我一直珍藏在我的私人档案室中。那是一个不再存在的北京，现代化的雄心壮志使她旧貌换了新颜，急切地与世界其他国家的摩登建筑一争高低。我有幸见到了那个尚能从旧地图上辨认出来的北京城，有宏伟壮观的帝国印记，有皇城根下的市井百态，还有那如织网密布的胡同和错落其间的四合院。

在最初的那些时日里，这一切于我是那么的浪漫，但同时又是那么的令人心酸。中国封闭式的自给自足的社会状态还要维持多久呢？

1977 年 4 月，在紫禁城

1976—1982 年，我在中国旅行期间写给家人的信件

1976 年，我结束首次在中国的旅行，回到我的工作室

　　美国的驻意大使读到了我的书，并向美国国务院递交了一份报告。的里雅斯特的美国领事奉命来拜访我，以他们国家政府的名义邀请我去美国做一次旅行，因为美国的一些重要汉学家想要会见我，同我切磋论点。出于美国的选择，中美两大国的外交关系经历了一次奇特的扭转：正式来讲，两国从未断交，因为华盛顿政府曾经将大使馆从南京迁到了台北。

1977 年 9 月，华盛顿，在美国国会大厦前

1977 年，我从美国寄给家人的信件

我的论点是：仅有一个中国（北京政府统治下的中国），台湾是中国不可分割的一部分，但可以享受一种特殊体制。这个论点让华盛顿的战略家们好生纠结。

不敢想象的是，从某种意义上来说，我假设了20年后在香港和澳门将会发生的史实："一国两制"，邓小平的智慧决断。

我的美国之行，由东至西，从南至北，环游了一周，除了在大学、书局、报社做了有关中国的演讲之外，也使我得以探访印第安人的保留地，明白了美国人绝不应该在别人家里大言不惭地高谈阔论什么"人权"。

1979年2月中旬，一封出乎意料的信件寄到了我在奥德尔佐小城的旧址，当时我的母亲仍居住在那儿。苏阿芒依旧活着，11年不公正的牢狱之灾后他重获了自由，他向我告知了这一重大消息。在我还是个小伙子时，他突然离开了我的生活，如今我已成家立业，膝下有两个女儿，迁居到了特雷维索市，并且已经来过了两次中国，但都没有机会去天津，当时这个城市尚未向外国人开放。

惊奇与喜悦包围了我，我立即给他回信。那封信长得几乎无法收尾，向他叙述了这11年间发生的所有事儿。我又添印了我们的结婚照和女儿们不同年龄段的相片，一并寄去，并告诉他4月底我会带一个意大利记者团一起来访问中国，其中有著名记者恩佐·比亚吉，因此我一定会去天津登门拜访他。如此，在8年的信件往来和11年的无奈沉寂之后，我们终于能够相见了。

1978年秋季，在特雷维索和朋友们一起吃晚餐时，我认识了恩佐·比亚吉先生。这位伟大的记者先生在得知我已经做过了两次中

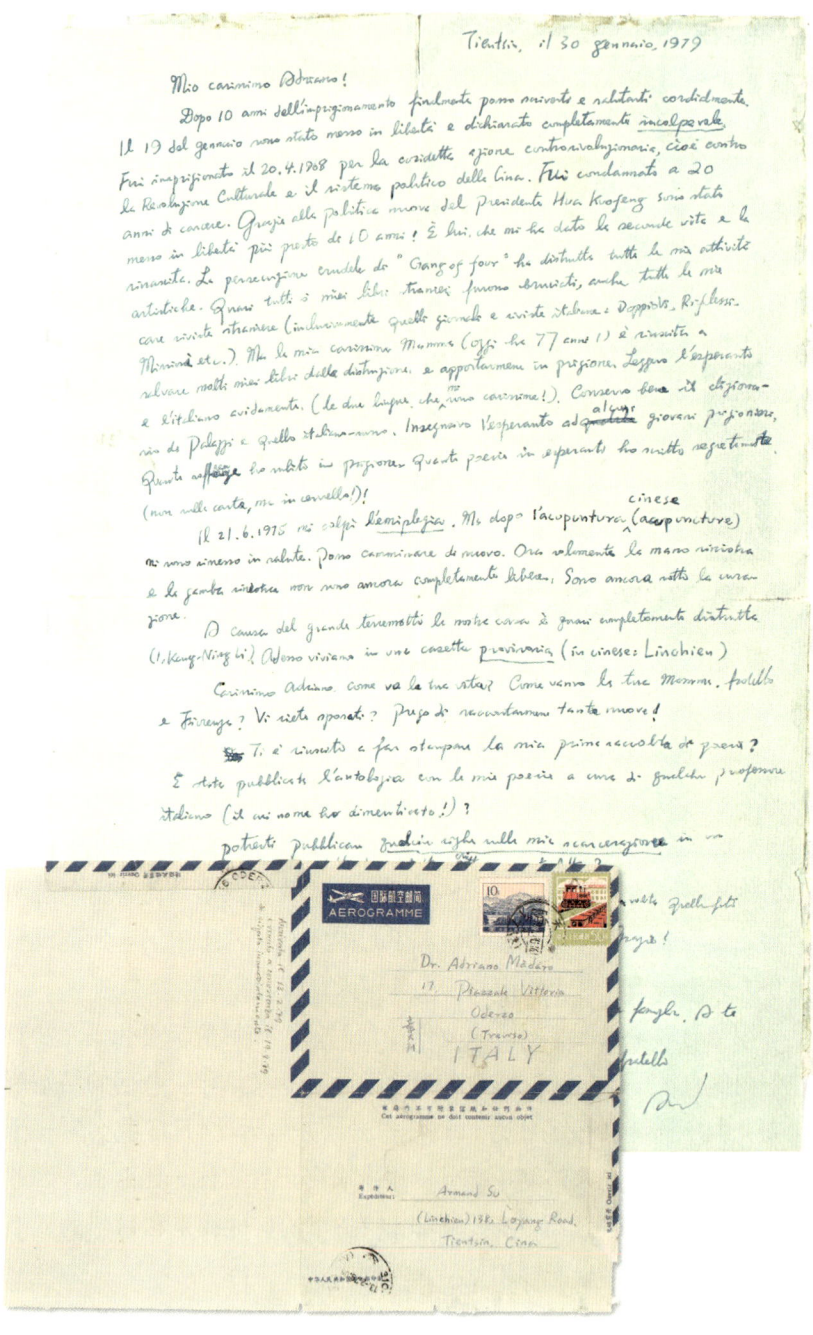

1979 年 2 月，苏阿芒出狱后给我寄来的第一封信

1979 年 5 月，与恩佐·比亚吉先生在紫禁城

国之旅后表示十分惊讶，并向我抱怨道他也曾经申请过中国签证，但由于未知的原因，被拒签了。我答应帮他去打听。于是我去了趟罗马的使馆，没有得到任何具体的解释。但使馆人员告诉我，如果我陪着比亚吉先生一起来的话，他们会立即给我们俩发签证，我们可以组织一个意大利记者团，由比亚吉先生任团长，第二年春天访问中国。

这是一次真正意义上的"特使"之旅，由最权威的意大利特使领头。比亚吉先生十分满意，因为这一次旅行他得到了两项收获：可以完成《比亚吉地理》一书的编写任务（他唯一所缺的就是中国），同时也让他见识了这个在世界舞台上举足轻重的大国。

我开始计划行程，选择了要参观游览的城市和省区，要拜访的人物，要探究的话题，提问的内容。比亚吉先生向我坦言，对中国他知之甚少，尚停留在一些过去的印象中，我的陪同对他十分有益。我的计划十分详细，但是在向他递交计划书时，我提示他，也许我安排得太多，并不一定都能够实现。提出这些请求是可以但说无妨的，因为最终还是得由北京的外交部决定。我补充道，希望他们能够批准我们的天津之行，倒不是因为意大利在那儿曾经有个租界，主要是因为苏阿芒生活在那儿。我又向他讲述了我们之间的故事。他深受感动，说道，就为了这个故事，这次旅行也值了。

在等待期间，我重新阅读了苏阿芒的所有来信，从1960年的第一封到1968年的最后一封。在出发前的时日里，这种渴望近乎疯狂：我想在意大利出版他的诗集，这些诗都是他用意大利语创作的，一次一次地寄给了我。红卫兵们抄了他的家，焚毁了所有的书籍和资料，而我却保存了他的所有文字，没想到竟挽救了他的诗文作品。尽管在青年时期我还没有实力承担出版诗集的费用，但如今借着几个朋友的关照，我终于可以实现这一夙愿了。而且，我理应这么做，我还应当带上许多册诗集去天津拜访他。我找到了一家小型出版社，他们是诗歌界知名的专业出版社。

　　到达北京后，我们被安排入住长安街上西单附近的民族饭店。当晚，我向接待我们的官员递交了我们的行程安排申请单。北京之后下一站便是天津，紧接着是南京、上海、西安、昆明，最后返回北京。总共三周，排满了参观、游览和拜访计划。

1979 年 5 月，在南京孙中山陵

1979 年 5 月，在昆明游览滇池

1979 年 5 月，姬鹏飞在北京接见我们意大利记者代表团一行

虽然我们并没有见到所有我们申请拜访的人物，但是我们见到了更多的其他人物。我们甚至还参观了一座疯人院，还去了云南的难民营，那儿刚经历了对越自卫反击战。

在北京，我们还见到了中国原子弹之父之一的老教授，新近被平反的三位画家和他们的画作，《人民日报》的主编，中国人民解放军的一位将军。中国前外交部部长姬鹏飞在人民大会堂的一间大厅中接见了我们。讨论的话题是当下的重大时事，关于如何给"四人帮"定罪的话题。邓小平在一年前恢复了职务，当时华国锋仍是中央的最高领导。毛主席纪念堂不久前向公众开放，我们申请入内瞻仰。天安门广场上排队的人群颇让我感到震惊。如果他们没有为我们开绿色通道的话，恐怕要排上一天的队。

我在与比亚吉先生相处的这些时日里，从他那儿学到了不少记者行业的职业窍门。他总是带着新教徒的虔诚态度，认真地记录着一切：香烟的牌子，卫生纸的牌子，胡同巷子的名称，姑娘们撑着的雨伞的颜色，菜肴的配料，啤酒瓶的形状，橱窗中摆放的书的书名。我明白了这些最琐碎的细节可以丰富他的文字叙述，使其变得可信，并无意识地满足了读者的好奇心。

在南京，一个工人宿舍中，我们看到了一个孩子在睡午觉。那间窄小的屋子里仅有一张大床，角落里安着一个灶台。同一层的两三户人家共用一个卫生间。当翻译向屋子的主人做解释时，恩佐先生"不怀好意"地猜测道："如果他们让孩子睡在中间……"话音刚落，那个孩子便神气地从床底抽出了一张小钢丝床。一切都明了了，不是吗？我们的中国之旅伴随着无穷的趣事，但时常我们会立即意识到，这又是用"西方观点"做判断的后果，是我们急于下定论的心理在作祟。

我深信，令比亚吉先生最为感动的事件要数我与我的中国兄弟苏阿芒的相聚。那天晚上我们去了他住院的医院。感动之余，比亚吉先生专注地为那一时刻作了见证人，记录了我们的谈话、阿芒叙述的沉痛往事，以及他对于青春不再的感慨。苏阿芒自豪地翻着那本封面上印有他年轻时相片的诗集，展示给身边的医务人员看。他同我约定，第二天（正好是5月1日）会在他的母亲和年轻的护理员的陪同下，来我们的住处看我。

1979 年，苏阿芒用意大利语写的诗集

1979 年 5 月 1 日，我与苏阿芒在天津会面

　　午饭后，他们就来了。我冲到院子里去迎接他，与他紧紧相拥。此时比亚吉先生和其他三位同事也赶了出来，为我俩留了一张影，这成了我最宝贵的相片之一。

　　我们又拍了几张照片后，便进了屋子，他与我交谈了起来。他告诉我，在狱中令人最不能忍受的折磨便是不能写字，于是他每天都会默背一遍我的地址，为了不忘记它。他被冤枉，被戴上了莫须有的罪名。他为自己辩护，谴责法官是一个法西斯主义者，这下更加惹恼了法官。他告诉我，后来释放他的是同一位法官：法律变更了，曾经被视为滔天罪行的那些行为，在邓小平眼里是爱国主义的表现。他的

1979 年 5 月 1 日，与苏阿芒、他的母亲和陪同护理员在天津

1980 年 10 月，北京，
与菲兰彩、苏阿芒一
同游览颐和园

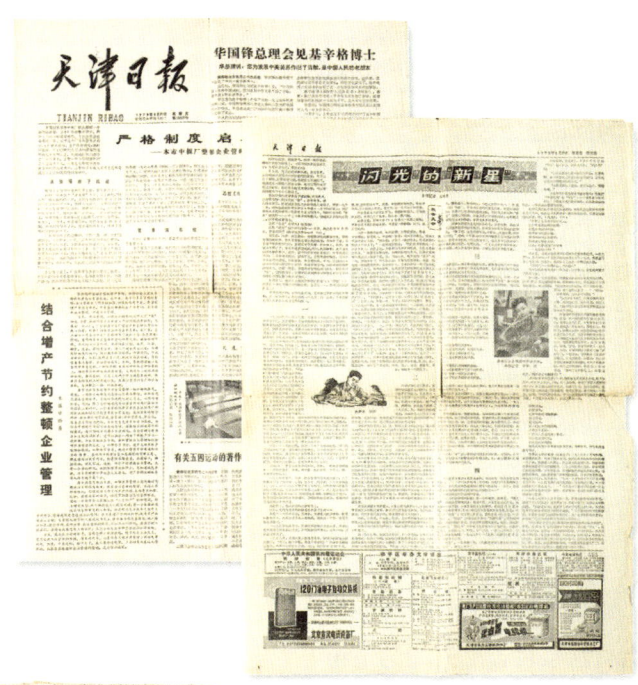

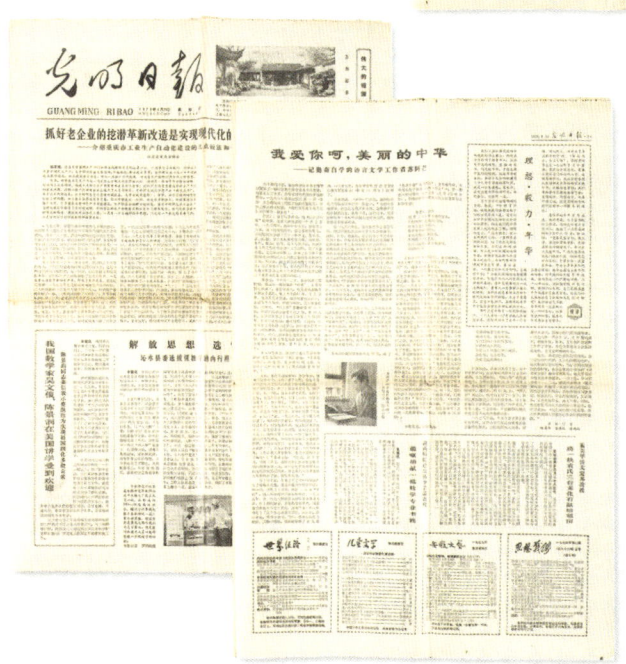

中国的报纸刊登苏阿芒出狱以及我俩会面的消息

话语中并没有仇恨，却埋着无尽的愤怒。他被平反，被认定为清白无辜，由"反革命分子"的身份转变成了"革命者"的身份，但他丝毫不为此而感到自豪。

国家给他分配了新的住宅，一份补贴金，为他在文化界安排了一份工作。《光明日报》和《天津日报》用大篇幅刊登了他的事迹和我们的会面，号召年轻人学习他的精神。而在这之前，我一直担心无法真正与他见面，却没想到报纸上醒目地写道："他最重要的朋友将从意大利来看他。"

他在牢狱中被迫害致残，正接受针灸和推拿治疗。他走路很费劲，由他的护理员和母亲搀扶着。他向我表达了期待来意大利访问的心愿，这是他儿时的梦想。

在天津，他小时候居住的意大利租界里有一户来自利古里亚的意大利邻居，他们教会了他意大利语。他的聪明才智令这家人十分喜爱他。他与裴志尼夫妇的情谊甚笃，称呼他们为"爸爸妈妈"。当1955年所有外国人被驱逐出中国时，裴志尼夫妇也同中国永别了，将私人藏书都留给了他们的中国养子，其中包括一本词典。正是靠着这本词典，他继续自学这门语言。除了意大利语外，阿芒总共学会了22种外语，包括所有的欧洲语言以及最主要的几门亚洲语言。我问他是如何做到的，他回答我说，所有的语言都是相通的，对他来说，就如同游戏一般。然而，他的终极梦想却是推广一门唯一的通用语——世界语。事实上，他被认为是20世纪最伟大的世界语大师之一。

当我向他陈述了我的观点后，他或许感到了有些失望。我认为那只是一种乌托邦式的梦想，更何况对我来说，美存在于不同之中：不一样的语言，不一样的传统，不一样的习俗，不一样的文化。

鉴于正在轰轰烈烈上演的全球化进程，在我们那次相会几十年后的今天，我已不敢再设想未来，并很满意自己没有改变对美的观念。阿芒在最后的岁月中终于得以享受一段人间生活。他结了婚，有了一个女儿。我替他出版了另一册诗集。在1990年秋季他逝世前的几

献给苏阿芒的书，书中提及了我们之间的友谊

以横题《文艺领域中的一颗新星在东方闪光》。在这前后，世界18种刊物登载了他用外文写的一百多首诗，称他是"卓越的黄种诗人"。他还把中国古代和近代的一些名诗翻译成外文，将祖国山河名胜、风土民情、文物遗迹、民间传说用诗及其他文学形式介绍到国外，让世界了解中国。这样一位对中外文化交流作出贡献的青年，在林彪、"四人帮"横行时，竟以莫须有的"里通外国"罪名被捕入狱，坐牢长达10年之久，直至今年才平反出狱。苏阿芒现任天津百花文艺出版社外语编辑。"

经过报纸一介绍，阿芒更忙了：有些大学请他去讲学，有些电视台邀他向青少年介绍自学外语的方法。阿芒有求必应，从不推辞，拖着病体，为青少年服务。有一天，阿芒正在南开大学为学生们演讲"如何实现自己的理想"时，天津广播电台就来人邀他为听众介绍自学英语的方法，他立即答应了；第二天《天津广播电视报》就登出消息："电台收到不少听众来信，希望介绍苏阿芒是怎样自学英语的。为了满足大家的要求，天津广播电台特邀苏阿芒同志谈谈自学英语的方法。7月18日在第四套节目（P54千赫）6:30、9:30、12:30播出。"

"新星"又在闪光了。

国内和国外的朋友纷纷来访苏阿芒。

一天上午，从意大利来了位客人。他刚进屋就跟阿芒紧紧地拥抱着，狂热地亲吻起来。这位客人就是意大利著名汉学家阿德里阿诺·马达洛博士。两人亲热一阵之后，马达洛博士笑着对阿芒说："我这次到中国来，给你带来

了一件礼物！"

"什么礼物？"阿芒问。

马达洛打开旅行包，取出一本厚厚的书，递给阿芒。

阿芒一看，书的封面上是自己的照片，书名是《来自中国的诗》。他手拿着诗集，热泪不禁夺眶而出……

第二天，《人民日报》又登载了一条消息："中国语言文学工作者、世界语诗人苏阿芒的第一部意大利文诗集《来自中国的诗》，今年四月份由意大利留贝拉贬出版社出版。筹备出版这部诗集的是意大利著名汉学家阿德里阿诺·马达洛博士。苏阿芒懂21国语言。他是中国第一个用意大利文写诗的人，也是第一个用意大利文出版诗集的中国人。……"

阿芒更加忙了。他白天不是讲学，就是接待中外来宾；晚间除了给全国各地青少年朋友复信，还得写文章、写诗。每日难得睡3个小时的觉。瑞喜心疼地说：

个月，我去了他家，最后一次看望了他，将诗集带给了他。在去世之前，他还有幸等到了中国出版界为他出版的一本书。书中介绍了他的生平事迹，也提及了我与他的友谊，还配了一张插画。画中我被绘制成一位金发碧眼的美国佬形象，正将一份礼物交与他的手中：我在意大利为他出版的第一部诗集。

　　带着令我意想不到的谦虚，恩佐·比亚吉先生给我寄来了他写的书的草稿，里面塞了一张纸条，简短地写道："你看一下，有什么不

1979 年 11 月，与恩佐·比亚吉先生在特雷维索，出席他的《中国》一书新书发布会

1979 年，恩佐·比亚吉编写的关于中国的书，封面选用了我拍摄的一张照片

妥之处？"随后，他邀请我去米兰他家里，与他的家人们见面，并让我带去了一部分我拍摄的中国之旅的相片幻灯片，因为我们要一起选一张作为书本的封面。这本书，就像他写的其他书一样，几乎是完美的，仅有几处中文的名称音译得不太恰当。我们吃了面食小馄饨、烤肉配土豆泥，还开了一瓶顶级的朗布鲁斯科起泡红酒。

饭后，收拾了餐桌，我们便开始在墙上放映幻灯片。我们很快做出了决定，因为我们的选择几乎是不约而同的：跨骑在故宫太和殿前的一只铜乌龟上的两个小孩。我满意极了。这本书中有三页记述了苏阿芒与我的故事。他还将我拍摄的一张照片放在了封面上，并标上了我的签名。他选择了特雷维索作为新书发布会的最初几站之一，公众们的反应相当热烈。第二天，我们转遍了本城的所有书店，签名售书。我为自己同比亚吉先生的友情而感到荣幸。既然他已选择了一张我拍摄的照片作为他的图书封面，我便问他是否愿意为我将要出版的一本图片集作序。

同时，中国的最高领导华国锋主席来意大利进行了访问，其中一站便是威尼斯。我作为媒体一员而出席这个场合。当我们进入总督宫，参观为此次访问而专门举办的中国考古展时，我的朋友陈宝顺，当时作为主席的译员，便向主席引荐了我，称我为"中国的朋友"。华国锋主席同我握了手，微笑地望着我，说道："那么你就是现代马可·波罗了！"

中国的记者们迅速抓住了这一瞬间。1979年秋季的那一天，我成了中国的"现代马可·波罗"。

几个月后，我出版了第一本关于中国研究的杂志，刊名《马可·波罗》，封面上是我拍摄的华主席走出总督宫时的照片，后面跟随着陈宝顺先生。

il Marcopolo

ORGANO UFFICIALE DELL'ISTITUTO ITALIANO DI STUDI SULLA CINA - VENEZIA □ 1980 1

Restituita una visita storica / La lunga faticosa marcia verso la modernizzazione / Caro socio straniero vieni a investire in Cina / L'esercito popolare guarda al Duemila /C'era una volta il Gran Catai

1980 年，我拍摄的华国锋在威尼斯访问的照片登上了《马可·波罗》杂志的封面

第五部分

1982—1992

东西间的钟摆

1982 年，我在天安门前

东西间的钟摆

　　为比亚吉先生同意为我签名作序的那本书筛选照片，近乎成了一种折磨。在最初的几次旅行中，我拍下了五千多张彩色幻灯片。我毫无偏颇地喜爱每一张，因为每一张照片的背后都有一个故事，定格了拍摄的那一瞬间，见证了我在中国的某一特殊时刻。尽管在潜意识中我对每一张照片都有不满之处，但最终所有的我都喜爱，在家中的屏幕上我不停地放映着，取下了一张，又插上另一张。我也无法听从妻子的建议，因为她总是那么慷慨地给予我肯定。我只有自己做选择，忍痛舍爱。

　　然而编辑最终还是给出了限定的照片数量，我必须再筛去一半，不过这也是合乎逻辑的。后来我想：我遗憾什么呢？那些"筛去的"还可以印在日后的其他书上。即使是那些永不被出版刊登的照片，有朝一日也将成为"历史"，尤其是对21世纪的中国人来说。

　　我的预见如期被验证，甚至是提前了。我的图片集终于出版了，里面夹藏着"我的"中国。是我的，却不复存在了，因为那个中国是在我不知疲倦地漫步街头时，在我这个不速之客闯入那些四合院中的小天地时，带着几分惊喜，被我的"第三只眼"定格在了那一瞬间的：那张脸孔，那副表情，那种姿态。我的莱卡相机是我最忠实的搭档。那些画面都是在有灵感的瞬间被抓拍下的，无需经过太多的思考。

　　作为摄影师，我曾是，并且仍是一位无名的玩家。我并不太了解这项职业的诀窍，但一直"机械化地"习惯于按快门这一动作，欣然

1982 年 11 月，我的《中国》一书新书发布会在特雷维索举办

地沉醉于用肉眼来分辨光线的明暗，判断光圈的开合，估算曝光的时间。所有的照片几乎都是通过手动调焦拍摄的。

我将所有的出版草稿都寄到了米兰。比亚吉先生惊呆了。他兴高采烈地给我打来了电话："嘿，伙计！你何止是一个业余玩家……下周我就把作业交给你。"他为我作了一篇文采飞扬的序言。在我的再三坚持下，他才收下了一篮子特雷维索的土特产作为报酬，有色拉米香肠、奶酪和葡萄酒。

除了我拍摄的相片外，在那本图片集中，我还添加了24张附表，可以帮助意大利读者构建有关中国的知识框架。但仅有一小部分的文字，因为我想留下足够的空间给比亚吉先生，由他在这一领域推介我。

继那本书之后的两年内，我又出版了另外两本书，我得以用上过去被"筛去"的照片。我还加上了我在报刊上发表过的一些文章，附上了我第一次中国之旅的几篇日记。我自己为《大中国》一书写了序，而《中国之旅》一书则有两位知名人物愿意为我作序：高弗雷

1981 年，我出版的第一本关于中国的画册，恩佐·比亚吉为本书撰写了序言

GRAN CATAI

ADRIANO MÀDARO

ADRIANO MÀDARO

VIAGGIO IN CINA

我撰写的一些关于中国的书

德·帕里斯，60年代出版的《亲爱的中国》一书的作者，以及南塔斯·萨尔瓦拉齐奥。他们两位都是威尼托的作家，与我有很深的交情。

整个80年代，我是个名副其实的钟摆人，在意大利和中国两地间来回飞。我常常被不同的社团协会邀请出席会议，讨论的议题几乎总是同一个，也是西方世界最为关注的：

中国将何去何从？

我的回答始终如一：中国要恢复她应有的国际地位，即作为世界第一大经济体。过去两千多年，一直到1839年之前，一直是如此。谁能否定这一史实呢？

1986 年 9 月，在位于特雷维索的《小报》（Gazzettino）编辑部里，艾里奥·齐欧林（Elio Ceolin）先生为我拍摄的照片

1982 —1985 年，我编写的介绍威尼托地区的书籍

1985 年 9 月，与作家高弗雷德·帕里斯（Goffredo Parise）和诗人安德烈·詹崇德（Andrea Zanzotto）在特雷维索

1981—1988 年间，我参加各种关于中国的辩论会、研讨会、宴会等

| 一个意大利记者眼中的中国

从古罗马帝国时期开始，神秘的秦汉帝国就一直是这个星球上最富饶、最让人向往的国度。强大的罗马帝国也垂涎丝绸之国的富庶，渴望与其通商。这也是中世纪和文艺复兴时期的欧洲所期许的。丝绸之路也成了当时人流往来最为频繁的道途：长安是天国的都城，而在另一端有罗马。

而1840年耻辱的第一次鸦片战争之后，中国被大不列颠敲开了国门，国力直线下降。1860年第二次鸦片战争后，英法联军的入侵又加剧了中国衰败的过程，直到1900年义和团运动后八国联军的入侵彻底击沉了这个千年帝国。

此外，20世纪80年代期间，我在意大利的记者事业如日中天，我频繁出席各种文化活动。我担任了特雷维索市《小报》的主编，积极参与这个城市的公众生活：那些年里，我与文化界知名人物高弗雷德·帕里斯和安德烈·詹崇德等往来密切，写书，组织会议和艺术晚宴。

那段时期是文艺百花齐放的年月。作为科米索大奖的元老级评审委员，我认识了许多电影、戏剧、行为艺术和文学领域的头面人物。其中值得一提的有两位享有国际声誉的女艺术家：演员茱莉艾塔·玛西娜和芭蕾舞演员卡娜弗奇，她们是我们国家的荣耀。我还有应接不暇的会议和辩论会。我的编辑部成了社会焦点问题的观察站，汇聚了当时小城政坛上的风云人物，讨论的话题范围很广，也包括邓小平领导下新时期的中国。

为了庆祝我初踏中国十周年，我想要实现一个在我的脑海中已盘旋多时的疯狂念头：乘坐火车穿越西伯利亚去中国。完成这趟充满传奇色彩的列车之旅，需要一定的意志与决心才能实现。

1986年，我的两个小女儿还未成年，因此她们都挂在我的护照上，所以一张签证，三人有效，就剩下我妻子的签证要办。我先去了一趟东京，在那儿有一位朋友菲利皮尼先生同一位日本人合伙开了一家意大利餐馆，他邀我去参加他们的开业典礼。

左页图：1985 年，我在《每日讯报》主编办公室的桌旁

5月初到北京后，我去苏联驻中国大使馆申请签证。我告诉使馆官员，我决定举家来中国定居，出于经济原因，也是因为想要目睹一下他们伟大的苏维埃祖国的风光，我决定乘坐火车旅行，因此我需要申请我和女儿们的签证。而我妻子的签证我得去罗马的大使馆办理。他很有礼貌地回答我，没有问题，但又补充道，中国人那儿可能会产生些问题，让一个外国人在乌苏里江的边境线上入境会有麻烦，因为中苏两国的军队在那儿长年对峙着。

我拿出了一张预备好的中国签证，带有从满洲里入境的许可。他顿时显得颇为尴尬。

第二天我过去时，另一个官员接待了我，却同样啰唆得烦人。我恐吓他说，我将在我的宾馆里举办一次记者招待会。他立即投降了，对我说，莫斯科方面已经批准了，但是我还得去苏联驻罗马的使馆办理签证的具体手续。

我回到意大利，迅速地办好了护照和签证。我对妻子说，下周我们整装待发，乘飞机先去莫斯科，从那儿再转乘火车去北京，经历七天七夜的火车之旅，之后我们将在中国度过一个月，踏遍山山水水，一直到香港。她听后几乎快晕倒了。几小时后，她从惊喜中回过神来，开始收拾行李。

那一次旅行，对我们全家来说，是最为精彩的冒险之举，空前绝后。横穿西伯利亚是一次真正意义上的度假，我们懒懒地睡着觉，时而又窜到餐车里消遣一下（当时我们是唯一的乘客），长时间专注地阅读，听音乐，或者望着窗外飞驰而过的每日都在变化着的风景。

我们以这种方式"收获"我们的中国，日复一日，一周下来，颇有"教育"意义。穿越了半个世界，历经一万二千公里的火车之旅后，我们到达了外贝加尔斯克——西伯利亚的终点站。换轨花去了七小时的无奈等待，这让我完全明白了苏联的思维方式有多么的离经背道。

通过了乌苏里江上的铁路桥后，我有种感觉，像是将一场噩梦抛在了脑后。苏维埃的坦克仍在瞄准中国，时刻戒备着，而满洲里则以欢快的民乐和蹦响的爆竹欢迎着我们。

1986 年 7 月 1 日，我们一家人在去西伯利亚的火车前

　　我们在沈阳停了一站，参观了我长久以来向往的沈阳故宫，以及气氛神秘的努尔哈赤的福陵和皇太极的昭陵。离开沈阳后，我们坐上了前往北京的夜间火车。

　　在首都，我们度过了丰富多彩的一周，参观和游览的计划都排得满满的。菲兰彩在1980年秋季时已经同我一块儿来过北京了，但对阿莲娜和弗兰西斯卡来说，这种视觉冲击是难以忘怀的，尤其是当我们登上了长城之后。

1986 年 7 月，我们一家人在天安门广场

　　我们继续乘坐火车穿越中国。在山东曲阜，我们参观了孔子的故乡；在泰安，我们乘索道登上了道教的圣所——泰山之巅；随后南下，途经苏州、上海、武夷山、福州、厦门，一直到了海岸边，遥望金门岛，最后经香港搭乘飞机返回意大利。

　　40 多天的旅行之后，我们凯旋了。我那疯狂的念头牵动了全家，与我一同来完成在电影情节中才会发生的大冒险。事实上，不仅是我们的亲人们如此看待我们，渐渐地，所有知道我们完成火车冒险之旅壮举的人，都视我们为英雄。

1988 年 2 月，在天安门前

入秋后，我开始了会议连轴转的生活，旅途中拍摄的录像片为我们的旅行做了最好的见证。我的女儿们也成了关注的焦点。在学校里，老师让她们向同学们讲述旅行经历。

我的一位朋友是日报的摄影师，我曾多次选用他拍摄的照片作为一些书的插图。他在得知我的消息之后，有一日，满怀惊喜地冲进了我的办公室，按下了一连串快门，说道："这将是为子孙留下的独家珍藏。"在常人的印象中，穿越西伯利亚之旅意味着一次极端的冒险，因此理所当然地被认为这是无法实现的，然而对我们经历过的人来说，却证实了它并不是像想象的那样不着边际，遥不可及。

在北京期间，我见到了一位国家旅游局的代表，是大使韩克华先生介绍我认识的。他将与我那位意大利餐饮业朋友作为合作伙伴，共同在北京开设第一家意大利餐馆"图拉"。

这项计划源自我的一个心血来潮的念头：在北京的某个夜晚，我可以坐在一家正宗的意大利餐馆中，享受着香辣茄酱斜管面、三文鱼汁细面、切片煎牛排或是沙拉汁大龙虾。

继东京的"图拉"餐馆顺利开业后，我的朋友又乘兴转战北京，这多亏了大使的关照。我替我的朋友在北京签署了合作意向书。在欢庆宴会上，国家旅游局的一位年轻的经理出现在我的面前，他行动机敏，举止温雅，和善友好。他将担任未来在北京开业的"图拉"餐厅的中方总经理。

他说着一口流利的英语，掺杂了一点儿西班牙语口音。他那灵活的思维给我留下了深刻的印象。我想说什么，他立即就明白我的意思，翻译给同席的高层领导听。比如我谈话中提到了一种特殊的"合资"方式：为保证餐厅的纯正意大利风味，我们必须从意大利直接进口餐厅必需的原料，如帕马森奶酪、生火腿、黑松茸、葡萄酒，还有日后将在花盆中移栽的罗勒草等。而在当时的中国，进口食品是需要许多手续批文的，还要申请外汇额度，而这些都需中方负责。这个要求很容易使在座的领导们不解，引起反感。而能够清楚地解释这一

陆辛与中国厨师们和菲利皮尼（Arturo Filippini）先生在彭扎诺（Ponzano）

点，能让在座的领导们领会这一层意思的唯有他了，他就是陆辛。我没想到，在日后的年月里，陆辛居然成了我形影不离的中国好友和最真挚的旅伴。

　　几个月后，中国"图拉"餐厅顺利通过一切审批，计划来年开春在火车站前的北京国际饭店一层开业。此时，陆辛挑选了四位年轻的中国厨师，首次来到了特雷维索。他们的任务是在短短四个月的时间中，在意大利"图拉"餐厅本部接受专业的培训，学会制作意大利餐的厨艺，而陆辛也以最快的速度掌握了意大利餐厅的管理和服务技巧。

　　中国正在全面开放，成了每日大小报刊的热议话题。邓小平的改革创造了奇迹，外交和商务访问团的往来也更加密切了。中华人民共和国的主席李先念来意大利进行正式访问。李先念是一位风度翩翩的政治家，早在1934年长征时期就追随毛泽东转战大江南北，是中国共产党内的一位铁腕型人物。李先念访问的最后一站是威尼斯，借着马可·波罗的赫赫声名，这里成了中国代表团访问意大利的必经之所。

　　他乘飞机返回中国的那天早上，大使馆邀请我去威尼斯机场出席中国代表团的欢送仪式。在机场的贵宾室，我见到了驻意大利的全体中国外交人员。我的朋友陈宝顺先生再一次将我介绍给中国的国家主席。

1987 年，时任中国国家主席李先念在威尼斯访问

多日的旅途劳顿之后，李先念主席分明已经很累了，然而他那贵族气概的举止仍是让人肃然起敬。我与这位走过了半个多世纪风风雨雨的革命老战士握了握手，这对于厅里唯一的意大利人来说，意味着一曲不复上演的史诗。他不喜言语，却对我投以友好的微笑，双手紧紧地握着我。

我们出了大厅，见到了在外面等候着的威尼斯地方领导和意大利政府代表。李先念向他的翻译轻声说了一句，翻译告诉我，主席先生非常感谢我对中国人民的真挚友谊。我回答说万分荣幸，并祝他旅途顺利平安。我又补充道，他在意大利国土上的最后一站行经马可·波罗的故乡并非出于偶然，"马可·波罗"也正是这个机场的名称。当翻译将话传给他后，他望着我，露出了肯定的神色。在登机的舷梯下，我最后一次向他挥手告别。

在1989年柏林墙倒塌前，也即苏联政权解体前，从欧洲到中国的航班必须在卡拉奇、新德里或是香港转机，旅途时间平均要花去18到20个小时。苏联禁止外国航班飞越西伯利亚上空，因为他们认为这样会窃取他们的重要军事机密。

1986年10月，我随同意大利政府总理克拉克西来中国进行国事访问时，他的专机破例被允许在西伯利亚上空夜间飞行，节省了几乎10个小时。在那一次机会中，我认识了胡耀邦总书记，他在钓鱼台国宾馆接见了我们。

在可以飞越西伯利亚上空之前，香港常常是我的中转站。在那儿，我认识了一位年轻的、意志坚强的旅行代理人，他与中国旅行社有着良好的关系。他告诉我，有一回他去了朝鲜的平壤，在那儿认识了一位政府官员，可以帮我取得签证。在那个年代，同现在一样，朝鲜之旅也是无法企及的梦想。朝鲜闭关锁国，只要能够踏上那片土地，我愿意为此支付重金。

1988年秋季，我随同意大利的总理出访了澳大利亚，庆贺这个国家两百周年的诞辰。第一个星期过后，我厌倦了各种名目的仪式典礼，打电话给我香港的朋友，问他是否得到了什么消息。他激动地告诉我，他已经给我发了一个传真，"被禁止"的旅行有可能实现了。我连夜搭乘飞机，在雷雨交加的太平洋上空飞行了12个小时之后，来到了香港。他也赶到了机场，及时交给了我前往北京的机票，还有一张写有平壤联系人姓名和电话的纸条。

第二天早上，我带着些许疑虑，去了朝鲜大使馆。两日后，我坐上了前往朝鲜首都的火车。

一夜间，我穿越了东北地区南部，来到了鸭绿江交界处。宽宽的河床上铺满了砾石，我看到30年前我在那本地图册专题集里面描写的景象，终于真切地出现在我的眼前。换了车头，打扫了车厢后，我们重新出发了，中国已在我的身后，朝鲜铺开了她的画卷。

山谷间精耕细作的稻田，一直延伸至远处浅蓝色的山丘脚下。右侧大海里涌上来的海浪被礁石撞碎，揉成了泡沫。一片片的针叶林穿插在山海之间。从火车的车窗望去，那片田园风光与我年轻时的想象完全符合，这种氛围给了中国古人以灵感，赋予这个国度一个诗意的名称——朝鲜——"朝日鲜明之国"。那幅风景就像是一个缩影，将她那轮廓不大的地平圈尽收眼底。一望无际的蔚蓝天空下，是一垛垛金灿灿的、刚刚收割的稻捆。远离铁路沿线的小村落里，一排排的白色农舍，给人以一种远离尘世却又祥和宁静的感觉。视线无法避开的，却是无数的小河流上，在战争时期被轰炸后留下的发黑的桥墩，令人毛骨悚然，就像著名的影片《独孤里桥之役》里的场景。

一道转弯之后，一抹白色的现代建筑群构成的天际线突然出现在眼前，平壤到了。火车站比特雷维索市的火车站还要简陋，像是到了一个无名小镇。一位穿着背心、带着金丝边眼镜的男士在那儿等候着我，他向我打招呼，说着一口好听的英文。与他一同前来的还有一位衣着整洁的矮个子男人，那是司机。提了我的行李后，我们向出口处走去。他向我介绍道他叫金道军，司机也姓金，但很快开玩笑说我们可不是伟大领袖的亲戚。

1988 年 10 月，平壤，在金日成纪念碑前

1988 年 10 月，万景台，与金道军在金日成故居

在火车站的门前，金日成的肖像正在向每一个人微笑。从那一刻起，我到处可以看到他的肖像，但他的眼神焦虑，不及毛泽东炯炯有神。

在去往高丽宾馆的途中，金先生告诉我，他是国家旅游局的副局长，他将陪伴我进行为时一周的游览，问我有什么特殊请求。我立即告诉他，我的计划是到三八线，1953年签署停战协议的板门店村。他向我解释说，这并不容易，需要国防部特批的许可，而且恐怕时间也来不及。看见我脸上的失望神情，他立即说道："我尽力而为！"他的表情如此真诚，让我瞬间对他产生了信任。

平壤给我的第一印象，是这座城市看起来像是一个虚幻的舞台布景，所有的建筑都是完美无缺的，风格十分现代，但却空空如也。

在十字路口，漂亮的女交警穿着蓝色制服，蹬着黑色靴子，像一个机器人似的打着手势，指挥着并不存在的交通。路上的汽车少之又少，自行车几乎没有，行人也寥寥无几，沥青马路和人行道都非常干净整洁。

这种感觉在接下来的几天中一直持续着，就连市中心也没有几个人，但当你跨下三节台阶进入地铁站后，便会发现人山人海。原来平壤的居民生活在地下，被骇人听闻的军事宣传所恐吓，时刻警惕着美军的空袭。

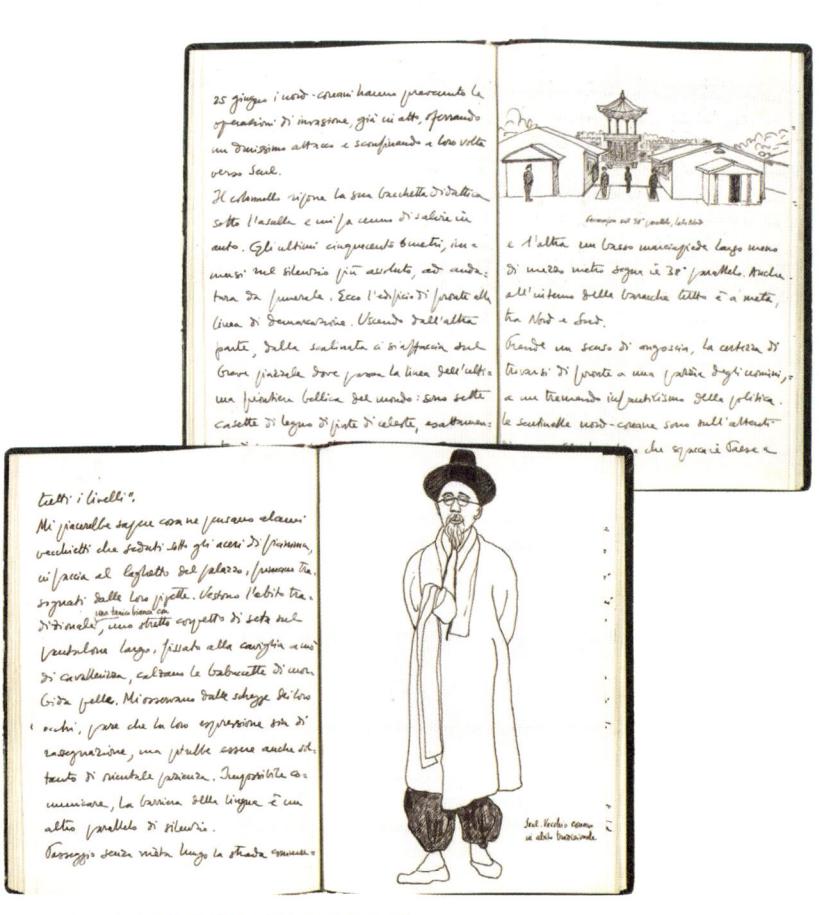

1988 年，我在朝鲜采访时的日记和素描

1988 年 10 月，板门店，这间木板房是 1953 年签订停战协议的地点

我与金道军建立了友谊，我手里举着的摄像机引起了他的兴趣。参观了妙香山的陵墓后，我乘火车返回平壤，沿途欣赏了一片片秀丽的风光。秋日里，苍翠的松林和火红的枫林交相辉映，山泉、瀑布顺着岩石飞流直下。

我的朋友郑重地向我宣布：特批下来了，第二天我们就可以出发，前往三八线。在缓慢行驶的列车中度过了困乏的一夜之后，我们到达了开城，这座"边境"之城有着许多美丽的古高丽国遗迹。在一

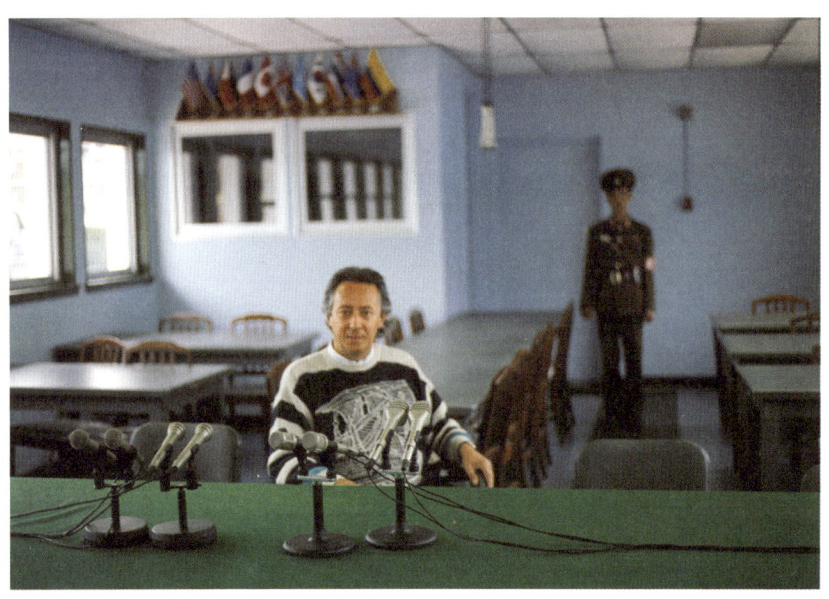

1988 年 10 月，板门店，分割南北朝鲜的三八线

小队军人的护送下，我们来到了板门店的七座木板房前。直至今日，战争定下的界线始终不可逾越，不过同行的旅伴们陪着我跨过了桌子，坐到了另一侧，韩国的那一侧。我越过了三八线！

乘坐飞机飞过黄海上空，仅一小时后我就回到了北京。我有一种从隐修院出来的感觉。一个星期没有和家人联系了，我迫不及待地回到中国，拨通电话，给家人报了平安。

这次全神贯注的旅游经历，是作为我的专题册出版30年后的一种还愿。不过我的任务只完成了一半，还有三八线另一面、与日本隔海相望的韩国，等待着我前去探索。

决定去韩国之前，我在北京逗留了一个星期。正值深秋，和煦的阳光洒落在遍地的金黄落叶上。在这期间，发生了一些不可思议的事。有一日，陆辛邀我去钟鼓楼附近散步，那儿的胡同风貌保存完好。走了大约一个小时后，我们来到了一条街道，一侧是灰色的高高院墙，里面冒出了几株百年老槐树的树冠，而另一侧是一排较矮的院墙，深锁着一座座四合院。

这条胡同很窄，因此无法从侧面望见院墙里面的世界。但是突然间我"看见"了，仿佛院墙是透明的。我问陆辛是否知道里面有什么，他摇摇头。我像是被镇住了，感觉能知道里面是怎么一回事。事实上，我"看到"了一个大花园，里面有假山怪石、苍松翠柏和奇花异草。灰瓦覆盖下的一座座亭台楼阁里，到处是雕着蝙蝠图案的廊柱。花园的中央还有一个湖，湖面上有一座装饰精雅的湖心亭，由木桥连接着，通向四面的院廊。

我神情恍惚，这下可把陆辛吓坏了。附近有一位修自行车的老头，他指给了我们花园看守的值班室。陆辛跑去叫他，他听了陆辛的描述后，发出了一阵阵惊叹声，掏出了钥匙，打开了铁门。我们进到了园子里，里面的一切，和我所描述的相差无几。看守告诉我们，这里曾是恭亲王的王府，恭亲王是咸丰皇帝的兄弟，于1898年病故。

1988 年冬季，游览长城

这座园子长年封闭，几近荒废了，但不久就要进行修复。此时此刻，请让我先暂停对这个故事的讲述，但我可以补充一点，在接下来的几年中，发生了一系列与这件事有着神秘关联的事情。经过了13年的调查搜寻，我终于找到了朱塞佩·萨尔瓦戈·拉吉侯爵的"外交邮袋"，他是1900年义和团运动爆发时期意大利驻北京的公使。

我一直搜寻着那次事件的第一手资料，以期还原历史真相。当我得到那个著名的"外交邮袋"后，我将寻找的过程与十多年前在北京时在我身上发生的那件离奇的事联系起来。我发现，在侯爵保存下来的许多遗物中，有一本大使日记弥足珍贵，其中有一页写道：恭亲王曾经去了意大利公使馆拜访他，他也承诺了将去恭亲王的府邸回访，但几个月后，亲王却离世了。

这两个事件——我看到"异象"和寻得"外交邮袋"——都被一股神秘的幽香牵引着。但到一切都进行完毕后，这股幽香又离奇地消失了。我想这其中一定有什么蹊跷，尤其是我在意大利的家中屡次闻到的这股幽香，正与北京恭王府中那几棵洋槐树上散发出的花香相同。恭王府也成了现代化进程中的北京城里一座守护着旧日遗韵的孤岛。

在那次神秘事件之后的第二天，又发生了另一件非同寻常的事情。多年来，我一直委托陆辛替我寻找一位深居简出的人物，她是末代皇帝溥仪的遗孀。当晚陆辛来宾馆找我，我们一同去吃了晚饭。刚坐到饭桌前，他悄悄地掏出了一张照片放在了我的面前，自豪地宣布："你看！我找到她了。"

照片上是一位神色略有几分惊恐的女士——李淑贤，溥仪的遗孀。这是陆辛通过朋友，一位意大利语导游高先生替我找到的。与他同一个办公室工作的郭女士与李淑贤很熟悉，在业余时间里常常去陪陪溥仪夫人。在陆辛的安排下，一天，他们陪伴着李淑贤来到了我住的宾馆。这是一次热情洋溢的会面，她很惊讶我会对她感兴趣。在接下来的三天里，我们接连会面，她同意接受我的采访，由高先生当翻

译。我所采访的内容可以作为导演贝托鲁奇所拍摄的电影《末代皇帝》（影片分为第一、第二部分，到溥仪从监狱释放结束）的第三部分，然而这一部分，也就是溥仪获释后一直到逝世前的最后一段人生，他却并没有拍摄。

在接下来的几年中，一直到1997年她逝世前，我多次和李淑贤会面。1989年除夕时，她邀请我去了她家，给我做了一桌子溥仪最爱吃的菜，还包了饺子。

与此同时，我又遇见了一位我寻找了多年的画家——王大观。我曾经在一本艺术杂志上看到了一幅他的作品的影印图，画的是30年代的北京。我们一见如故，他同意接受采访，还在我的采访记录本上亲笔写下了"序言"。我向他吐露，我还从未见到过雪中的北京城，他立即为我做了一幅旧日北京除夕夜的画卷，还将我们两人放在了画面上——我们正走在积满雪的道路上。在苏阿芒逝世前，我为苏阿芒出

1989 年，我把对画家王大观的采访和苏阿芒的诗集编辑在同一本书里出版

Pechino, 13|2|1989 . Con Wang Daguan nella Città Proibita

与王大观在一起

来自威尼斯的"老北京"—
马达罗博士。以深厚友情,有
智慧锲而不舍,孜倦地了解研究老
北京,已成老北京知识的富翁。比
北京人更爱老北京。
北京的未来要开拓,北京的经营要
发掘,要自力,而世界性友好合作大
潮日趋澎湃.人类更高的生活水准
将上升为共享人类文明。
马达罗先生为友好友,是北京的亲朋。
中意友好忠实一员,步马·利卿等前辈
庇上創更加光辉前景。

王大观 谨识 北京

一九八九年二月十日

版了另一本诗集《纸上的鲜花》，并用王大观画卷上的场景为诗集配画，作为插图。这本诗集将我的两位从未相识的朋友联系到了一起。令我难过的是，王大观也在1997年去世了。

过完中国春节，我乘飞机去了东京，刚好赶上了日本裕仁天皇的葬礼。这位老天皇可是"血腥世纪"的残暴象征。从30年代起直至二战结束，日本在中国犯下的滔天罪行都是出于他的指示。残酷的日本军国主义，都是借着他那荒唐的"圣战"名义才得以实行，而信奉神道的教条使这一切变得更为残酷，而他至死都是神道的最高布道者。

时光飞逝，我离开特雷维索市《小报》主编一职已一年了。作为远东地区的特派记者，我追踪报道中国内地及港澳地区、朝鲜半岛、日本和蒙古的时事。我在这块吸引了我年幼时所有激情与爱好的罗盘象限上行走着、观察着、记录着，我终于实现了自我。

我的第一次日本之旅是在1986年。除了东京和镰仓市之外，我乘坐子弹头列车，来到了日本古都京都，还有附近的奈良。两地皆保留了日本古老文化的精粹，武士和艺妓的圣所，代表着一种严格遵守形式美的神秘主义，是中国博大精深的文化在"日之所本"的蛮荒海岛上的内化。

关于裕仁天皇的葬礼，我记忆颇为深刻的一个细节是，从头到尾一直伴随着从天而降的倾盆大雨，毫不留情，没有片刻的停歇。

80年代末，我来中国的访问已达60次，平均每年4次。我将自己所写的全部通讯稿收集在一本册子中。我亲历了从毛主席逝世到1989年改革危机前中国社会发生的所有变化。邓小平在十年间完成了一项新的革命使命，但是从农村转移到城市的新一代劳动力群体所抱有的不满情绪，也体现出了社会矛盾的激化。

20年后再来阅读我当年写的文字，无不证实了当时在中国社会中蔓延的动荡因素。在走遍中国的旅途中所听到的民众的批评与抱怨，以及我为之撰写的新闻稿件，是对这段历史的一种最诚实的参与。我理解中国社会为改革付出的努力，我自问：中国人究竟是如何做到了将市场与社会主义连在一起？

从小到大，对我来说，"了解事实真相"一直是一个命令式。对五六十年代反华论调的宣传报道，我向来抱以不信任的态度，然而对反方的论调我也同样地怀疑，我正是在这种怀疑精神中成长的。真理有着它曲折漫长的道路，也不排除偶然性的因素，但是接近真理是完全可能做到的，只要将真相与容易让人混淆的假象区别开来即可。我们应当拒谄媚的鼓动宣传于千里之外，然而在与中国相关的问题上，要做到这一点实属不易。

我们来做个联想，一个像苏联这么庞大的国家或是它的一个卫星国，比如说蒙古，当时比苏联还要更加压制自由思想。当一个国家被贴上"严禁入内"指示牌时，问题就比较严重了。1986年，我计划第一次穿越西伯利亚之旅时，本想在贝加尔湖畔的伊尔库茨克换车，经由蒙古和戈壁沙漠，到达北京。苏维埃的官员们拒绝了我。那个年代，蒙古仍是众所周知的苏联和中国之间的军事缓冲带，是两大共产主义巨人较量的沙场。这也是毛主席老人家一直担心的，他认为"苏联北极熊"比"美国纸老虎"更可怕。这个观点不难让人理解。

1990年6月初，苏联解体后，蒙古又发生了起义，当时我在北京。我奇迹般地获得了一张去乌兰巴托的签证。提着一袋子足以维持一周的食物，我跳上了火车。33个小时后，我来到了乌兰巴托。

国家图书馆前的列宁雕像刚刚被绳索牵着拽倒在地，苏赫巴托广场上的每一处角落都有一群人在集会，民众狂热的激情正在被煽动。我发觉自己身陷一种超现实的局势中，那里有绝对的行动自由。牧民们披着鲜艳的绫罗绸缎，蹬着笨重的皮靴，模样十分滑稽，从我身边经过，吸引了我好奇的眼球。

我通过驻北京的大使馆预定的卓尔钦（Zhuulchin）旅行社提供的翻译员，在将我送到巴彦高勒（Bayangol）宾馆后就消失不见了。这家宾馆坐落在一个广场上，广场上有着"红色英雄"的骑马雕像。雕像周围的花坛草坪上，牛群们肆意地啃着草。

我的房间位于12层，从阳台上放眼望去，这座城市的全景尽收眼底。郊外旷野上搭建的帐篷，就像是一圈白色的腰带围绕着这座城市。在西北角的山丘上，新近重新开放的甘丹寺（Gandan Hiid）喇嘛庙里，只几天工夫，就有许多不知从哪儿来的喇嘛汇聚在此地。

我就像是一匹脱了缰绳的野马，自由地驰骋在这座草原之都的版图上。除了几个金发碧眼的俄罗斯人外，就再也看不到别的外国人在街上转了。

我写完了我的报道，又跳上火车，穿越戈壁，回到了北京，计划我的第一次西藏之旅。在我的心中浮现出另一道地平线。从风吹草低见牛羊的蒙古草原到散布着寺庙和村落的藏域雪山之巅，我的内心完成了一次朝圣，经历了一道前所未有的雕琢。

蒙古的大草原和西藏的圣山都在我的心中激起了波澜。唯有亲眼所见，亲身体验，这种文化的神秘力量才能浸润我们的心灵。在这些边远地区云游时，万籁俱静、空旷无人的四周环境，使我的心灵在惊喜与震撼之中浮浮沉沉。我在穿越东北三省时也有同样的体验，茂密的森林、地势起伏的平原、静静流淌的小河在我的眼中是那么的神秘。

　　如果你不了解不同地域、不同景观所构成的中国的多样性，那么你就无法真正地理解中国，这片大陆在过去很长时间内曾经被西方人视作另一个星球。

至此，我来中国已有15个年头了。这些年间，我出版了8本书，发表了100多篇文章。

1991 年 12 月，西藏拉萨，在布达拉宫前

1990 年，我撰写的关于长城的书

　　1991年春，中国的一位意大利语专家吕同六教授同我联系。他是中国意大利语界的泰斗级人物，翻译了多部著作，写了许多评论文章，也是几代意大利语学者和翻译员的老师。吕同六教授当时是中国国际文化书院的副院长，书院就坐落于我住的宾馆对面的一个胡同里。这次会面气氛十分友好，时任秘书长裴慧敏教

中国国际文化书院宣传册

1991 年 10 月，主持在北京召开的马可·波罗国际学术讨论会

授当时也在场。他们对我所做的中国研究表示特别的欣赏，并告知我就国际汉学界来说，我的履历也非同一般，因此他们邀请我担任书院唯一的非中国籍的常务委员，任命我主持那年秋季将在北京召开的"马可·波罗国际学术讨论会"。

我有点受宠若惊：全世界有这么多的汉学家和中国文化学者，他们一定比我重要得多。我向他们提起我的顾虑，但吕教授的回答却斩钉截铁："我们深信您是最合适的人选，是连接我们两国文化的桥梁。请接受我们的任命吧！"

几天后，我被介绍给其他常务委员，他们都是中国文化界的一线人物，有历史学家、哲学家、政治学家、科学家、艺术家、作家。在接下来的仪式中，他们为我颁发了两项证书，一项证明了我在书院的身份，另一项则任命我担任"马可·波罗国际学术讨论

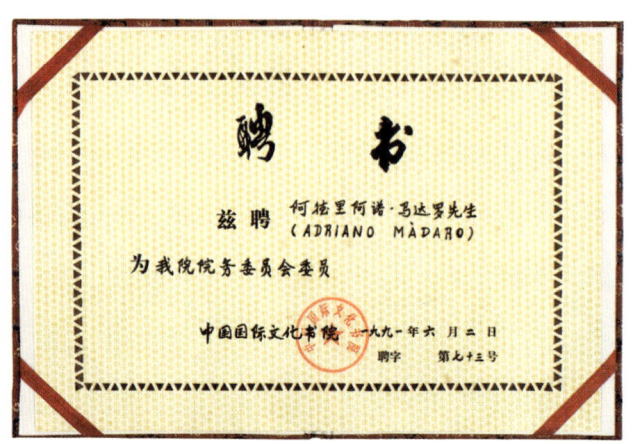

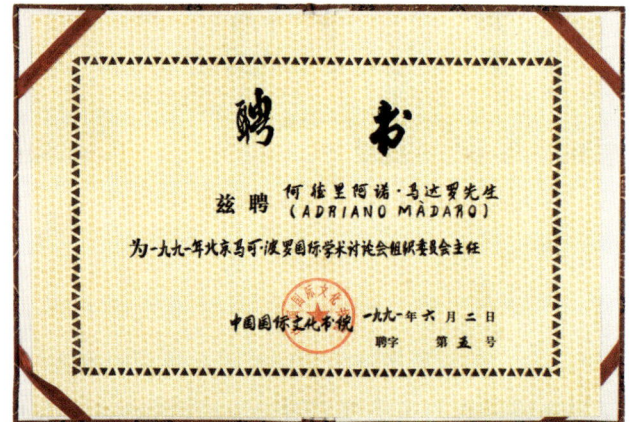

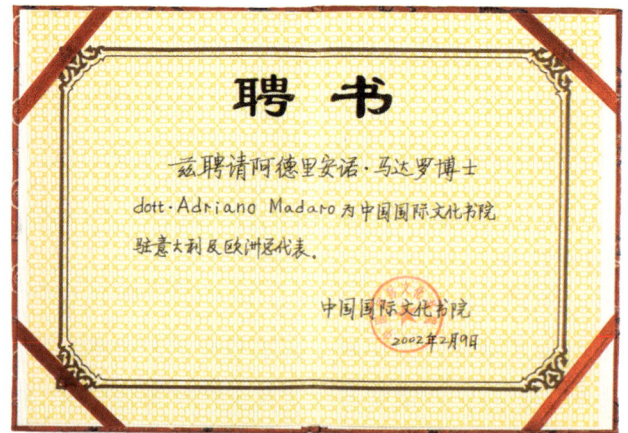

1991 年，中国国际文化书院颁发给我的聘书

1991 年，我在中国工作时的证件

会"的主席。而在11年后，我又被任命为中国国际文化书院驻意大利及欧洲总代表。

　　回到家后，我开始准备发言稿。会议的论题将集中在《马可·波罗游纪》在文艺复兴时期的欧洲所激起的对东方财富的贪欲。事实上，我一直抱有这样一个观点，美洲的发现并不是什么伟大的事业，而只是哥伦布一次辉煌的错误，他所要寻找的只是一条通向东方的安全捷径，可以到达马可·波罗所描述的富饶的中国和有着"金顶皇宫"的日本。然而他发现了阿兹特克和玛雅文明，并且认为同样值得去掠夺，于是乎日本和中国便幸免于难了。

我在马可·波罗国际学术讨论会上的演讲在论文集中发表

时，马可·波罗及其游记的声望就低。所以我们有理由说，是马可·波罗第一个为中国在欧洲塑造了高大而美好的形象，是中国在欧洲的高大而美好的形象，造就了马可·波罗，使他和他的游记声誉日隆。

马可·波罗及其游记的研究，包括诸多方面，我们仅仅在本文中表明了这样的观点：《马可·波罗游记》的最重要的贡献，在于它为中国在欧洲塑造了一个美好的形象，由此而促成了欧洲向东方的开放，进而推动了东西方之间的文化交流。笔者为只能笼统地泛论游记在这方面的作用而深感羞愧，确实，至今我们还拿不出多少具体事实来证明：游记"在何时何地，通过什么渠道起到了塑造中国形象，进而沟通东西方的作用。这说明，我们的研究尚很不深入，从客观条件看事，西方学者处在更为有利的地位，我们期待他们必定能在这方面作出更多的贡献。

2. 《百万》：崇高的人类友谊和团结变成了卑劣的贪婪

阿德里亚诺·马达罗

马可·波罗的《百万》是对欧洲中世纪的革命性挑战，然而两个世纪后却成了追寻世界开放的一种工具。

野蛮人从北欧南侵，渐次破坏了希腊文明和拉丁文明，欧洲进入了黑暗的中世纪。这期间受影响最大的是地理学。12~13世纪的世界地图上乌拉尔山和而以东均为"未知土地"。马可·波罗在其书中叙述了他在"未知土地"上的所见、所闻和所想，赞美了好客、友善的人民，宣传了人类的友谊和团结。这使他成了东西方美好象征。

然而，马可·波罗的书在意大利境外却成了侵略者的武器，美

232

国人，西班牙人，法国人和葡萄牙人梦想征治全世界，利用马可·波罗提供的知识，驾舟驶向"未知土地"，贪婪地掠夺财富，霸占土地，从事殖民活动。

THE MILLION: HOW AN EXTRAORDINARY CASE OF HUMAN FRIENDLINESS AND SOLIDARITY BROUGHT FORTH A CASE OF ORDINARY GREED

Adriano Màdaro

Against the background of hazy, dim Middle Ages in Europe, Marco Polo's surprising book looks like a revolutionary challenge, even though it was to be a delayed-action bomb. In fact, almost two centuries were to elapse before *The Million* could become, against its author's will, something like a picklop to force the world open.

However that may be, the proposition I am going to prove is not the outcome of a close bond of affection between Marco Polo and myself, as one could suspect on the part of a fellow-countryman of his, nor is it the result of a time-serving attitude. True, I think very highly of him and of his work. I feel attracted to him, but such esteem and feeling have nothing to do with our being—both of us—Venetians. The main subject is historical research. My statements and judgements are quite free-nothing conditions them. History is a wonderful whole of "cases". Each case is independent from other ones, but all of them are strictly correlated and interacting. Marco Polo's case is like all the other ones. His imprisonment in Genoa is another case too. Another case is his meeting with Rustichello of Pisa when the two of them were in jail. *The Million* was born—another case again.

We have already mentioned the dim and cloudy scenery against which the Marco Polo case was materializing. We must

233

1991 年 7 月，与毛泽东的嫡孙毛新宇在北京会面

　　夏天，我回到北京后，被邀请去书院主席——德高望重的陈翰笙教授家里做客。他已是年近百岁的老人了，讲着一口流利的英语，同我讲了一些有关蒋介石及毛泽东、周恩来和邓小平这几位领袖人物鲜为人知的轶事。他与共产党合作，参与修订《宪法》，还参与制定了50年代最初的几轮"五年计划"，他自认为是一名"未被彻底改造的马克思主义小资"。他说我作为书院的常务委员，可以将"西方视角"带入书院内部，因此他认为我是"宝贵的资源"。

　　第二天，伟大领袖毛主席的嫡孙毛新宇来我的宾馆拜访我。他曾是裴教授的学生，如今他是中国人民解放军的少将。

第六部分

1992—2002

外交官皮箱里 1900 年的北京

《1900 年的北京》新书发布会

外交官皮箱里 1900 年的北京

《威尼托杂志》第一期封面

尽管我时常要到中国出差，同中国国际文化书院保持着密切联系，出席年会，参与制定学习和研究活动方案，但是整个90年代，在意大利，我全身心地投入了新闻业的两项工作：先是负责主编由维罗纳市的记者朋友们发起创办的威尼托省内月刊——《威尼托杂志》；后来，从1994年起，我离开这家月刊，换到了一家覆盖意大利东北三省的电视台——"3号天线台"工作。

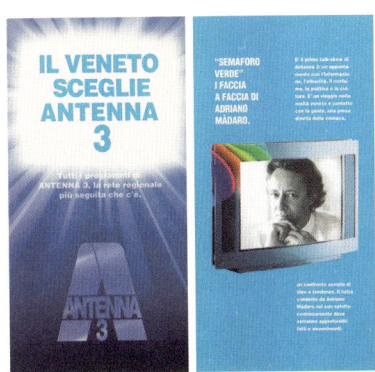

1994—1997 年，在特雷维索 "3 号天线台" 工作

这家电视台的老板是我的一位老相识。从一开始，他就让我主持一档脱口秀节目，随后又让我担任七档电视新闻节目的主管。他刚从前任老板那儿接手这家电视台时，记者工会的情况令人难以忍受，他请我帮他走出困局。我创办了一家信息管理公司，与记者工会一起分析问题症结所在。我们的成果是，起草并签订了意大利第一份私人电视台记者行业国家级劳动合同。

一切进展得一帆风顺，直到"3号天线台"的老板异想天开地决定创立他的个人政党，就像我们国家最富有的企业家贝卢斯科尼一样，涉足政坛。当他要求我无条件地在我撰写的新闻稿中支持他的政见，并在他的电视台中播出时，我们之间的关系便决裂了。我拒绝了他，最后我只得走人。

为了保障工作，不使40多名技术人员和记者失业，我犯了一个严重错误：我不但没有关闭业务，反而为另一家新的电视台制作电视新闻。不久后，我债台高筑，严重亏损，不得不关闭此业务。这一次，我的毅力和决心不足以挽救现状。我得出结论，电视行业不适合我。这已经是第二次了，我在这个行业中又栽了个大跟头。

《威尼托画刊》杂志第一期封面

回到了报刊行业，我创办了一份新月刊《威尼托画刊》，尽管我早已明白这仅是一次"过渡"，等待将我的全部身心都投放到与中国相关的事务之上。

在我的人生之途中，出现了一个闪亮的人物——卡米拉·萨尔瓦戈·拉吉女侯爵，她是1899至1901年间驻京公使朱塞佩·萨尔瓦戈·拉吉侯爵的孙女。

2004 年 11 月，与卡米拉·萨尔瓦戈·拉吉女侯爵和她的丈夫——作家马切洛·温杜里先生在坎帕莱

1997年7月1日，英国不再对香港实行殖民统治，中国对香港恢复行使主权，实行邓小平所构想的"一国两制"方针。我与菲兰彩提前两天到达那儿。在前一日半夜时分，我们屏息凝视着交换国旗的仪式。查尔斯王子和布莱尔首相，以及最后一任香港总督乘坐着他们的皇家游艇，永远地离开了香港，返回了英国。这是激动人心的历史时刻，香港上空烟花彻夜燃放，街头人们载歌载舞。

当2000年临近时，义和团运动也已经过去了一百年，我继续着徒劳的搜寻，寻找一只我想象中的"外交邮袋"。它一定存在于某个角落，但我不能确定的是：1901年秋季，朱塞佩·萨尔瓦戈·拉吉侯爵从中国返回时，是否将它带回了意大利，放到了他在热那亚的家中。我已经寻找了将近十年，但都是徒劳，因为那位贵族1946年已经逝世了，没有留下后嗣：这是我从外交部得到的信息。但是突然有一天，我得知一位名为卡米拉·萨尔瓦戈·拉吉的女作家写了一本书，书中提到了他的公使爷爷。出版社告知了我她的电话，我给她打过去，她立即友好地邀请我去她的住所——蒙费拉托地区的坎帕莱别墅，这也曾是她爷爷留下的。

如此，我得到了那一皮箱宝贵的资料。1901年在签署了《北京议定书》后，公使将它随身带出了中国，先坐板车穿越了蒙古境内，后又坐火车穿越了西伯利亚。我在皮箱里面找到了所有我需要的资料，写就了我的那本《1900年的北京》。这可是我在写大学论文时就闪过脑海的一个念头，只可惜当时资料不够，而且我意识到了对这段历史的两种版本的解读：英国人的解读充满了仇外的情绪；中国人的解读忽视了一些令人不快的细节。

我深信朱塞佩·萨尔瓦戈·拉吉侯爵作为一名资深的外交官，罕见的诚实之人，一定写下了外交公文和回忆录，这有助于我了解1900年夏天在北京究竟发生了什么。但在那个皮箱中还有更多的内容：不仅是他的记录和回忆录，还有大量的照片、文件、地图、日志。借助所有这些资料，我仅花了一个星期，就将那本书的初稿写完了。

2006年，这本《1900年的北京》被翻译成英文和中文（由东方出版社出版），在中国的各大书店发行。报界给予了高度评价，《中国日报》如此评论："第一本由外国人书写并在中国出版发行的有关我们历史的书"。

这本书的出版引起了强烈反响。除了《中国日报》外，其他一些重要杂志也采访了我，用了大篇幅的文字和图片介绍我的书。在一位《北京月讯》记者的陪同下，北京市政府新闻办主任王惠女士来拜访了我。她可是一位重量级人物，领导着首都的新闻传媒业。她对我的文化研究活动表示出了极大的兴趣，尤其是有关"外交邮袋"的故事。她建议我将所有的资料展出，连同我所收集的老北京照片，地点就设在新近修复的北海公园的乾隆书房"画舫斋"。这是一个绝妙的主意！一个世纪后，我将萨尔瓦戈·拉吉侯爵的"外交邮袋"又带回了中国，这一举动从两层意义上来说都讨回了公道：首先是为侯爵，他被英国的史学家们遗忘了；其次是为中国，曾遭到了西方史学界不公正的谩骂与毁谤。

我立即接受了这个倡议，两天后就飞回意大利取材料，一星期后我已经回到了北京，着手准备展览。这项工作给了我很大的满足感。王惠女士为我安排了一个能干的合作团队，于是我们就在当年的乾隆皇帝私人书房中展开了工作。当其他人布置展厅，我根据书本的叙述整理资料时，不时有各家报刊的记者来采访我们。

《1900 年的北京》意大利文版封面

2002—2006 年，在中国的书店和大学举办展览和讲座

　　在那晚的开幕式上，迎宾小姐们穿着华丽的满族传统旗袍，发髻上插满了镶金的花饰发簪，脚踩在花盆底鞋上，踏出了婀娜多姿的步态。那一夜是意大利的辉煌时刻，有近百位社会名流到场。许多国家的使馆官员出席了这次活动，在展览图板前留影，拍摄玻璃橱窗内的文物。在接下来的几天里，关于此次活动的报道在各大报刊占去了大篇幅。王惠女士提议为我拍摄一部纪录片，拍摄工作将分别在中国和意大利进行。

关于我的文章在《中国日报》
上发表

2002年带着对未来的承诺悄悄离去了。

> 过去这么多年里我奉献给中国的热情与挚爱，中国正在以同样的方式回馈于我。当然，唯有爱，唯有爱可以包容一切。我与中国的默契已达到了相互理解的最高境界。可以补充说，我们正在一起慢慢变老。

说到白头偕老，在展览结束前的那年秋季，菲兰彩与我一道走访了丝绸之路（这一行动几乎预示了未来），随后我们回到北京，

2002 年 7 月，在北京画舫斋举办的《二十世纪初的北京》图片展开幕式

在画舫斋拍照留念。报刊界对我的关注依然不减，尤其是《今日中国》杂志，慷慨地为我做了多篇报道，并宣布继《1900年的北京》一书的成功之后，还有一个庞大的出版计划，需要近10年的编撰，是有关中国历史的。我的计划是深入研究介绍北京城的历史，将从古书中搜集到的所有信息汇聚在一起，向世人全面地展示天朝古都厚重的文化底蕴，让读者仿佛置身于19世纪西方列强入侵之前的老北京的市井街巷中。

《北京晨报》刊登我的图片展的消息

《今日中国》杂志刊发对我的报道

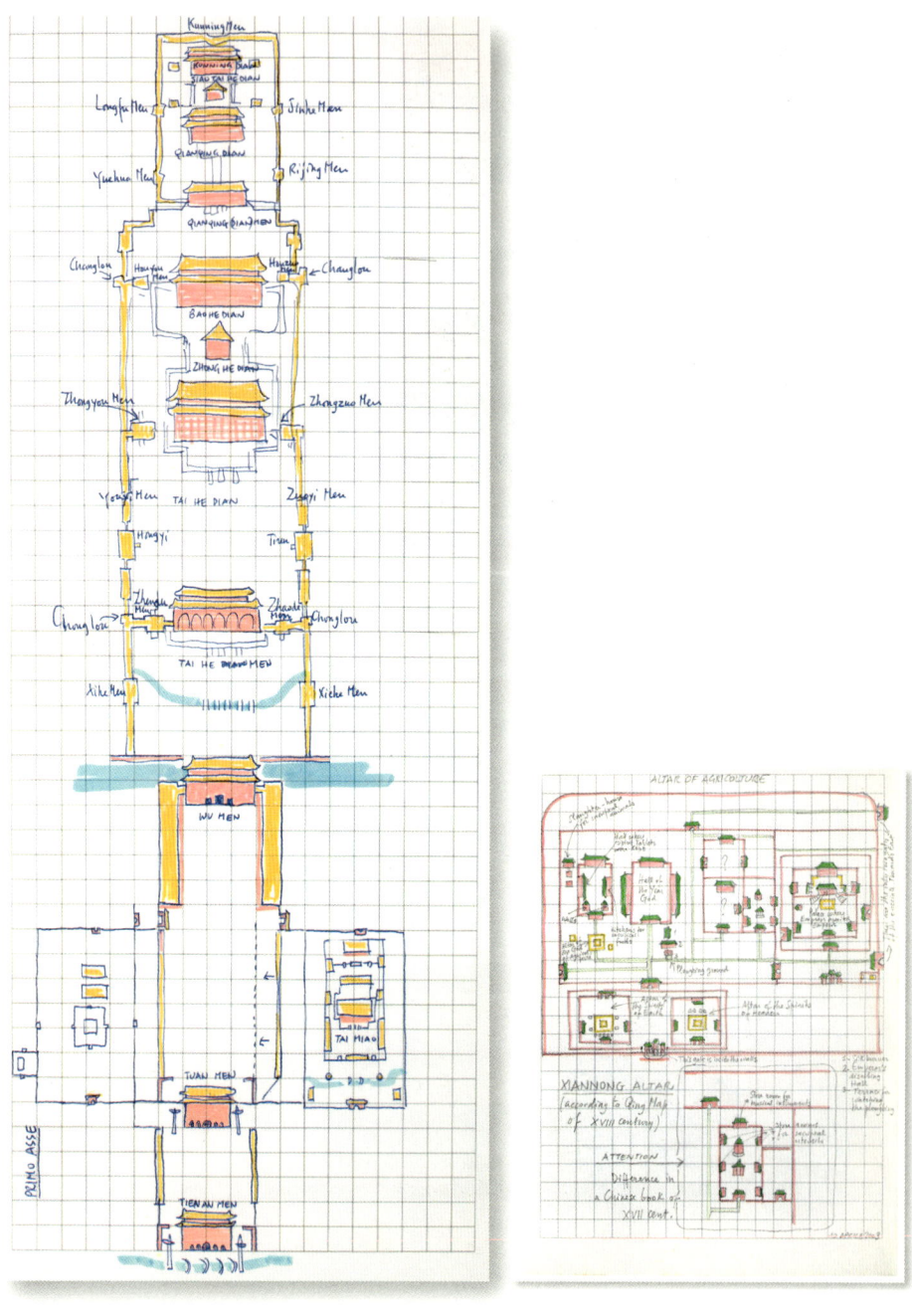

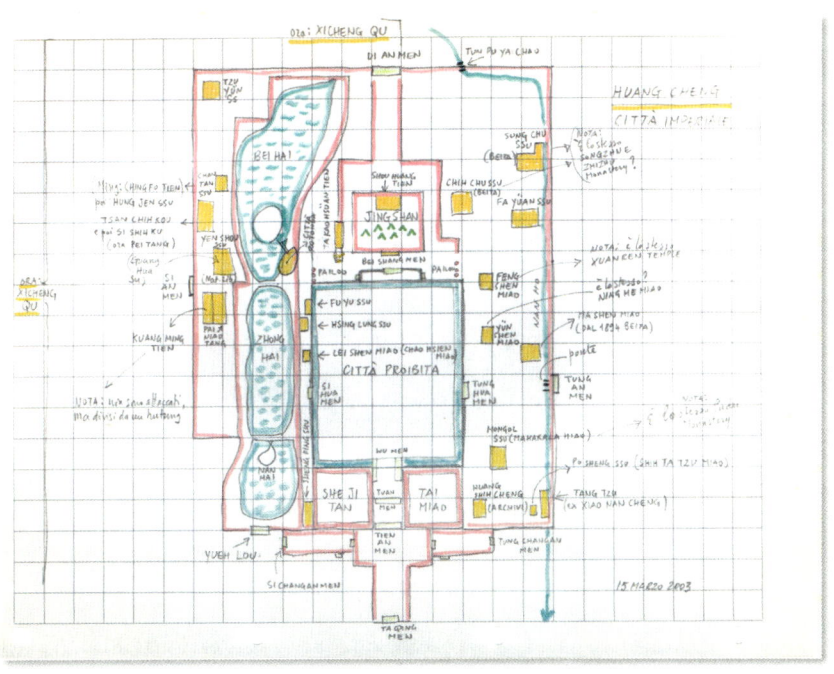

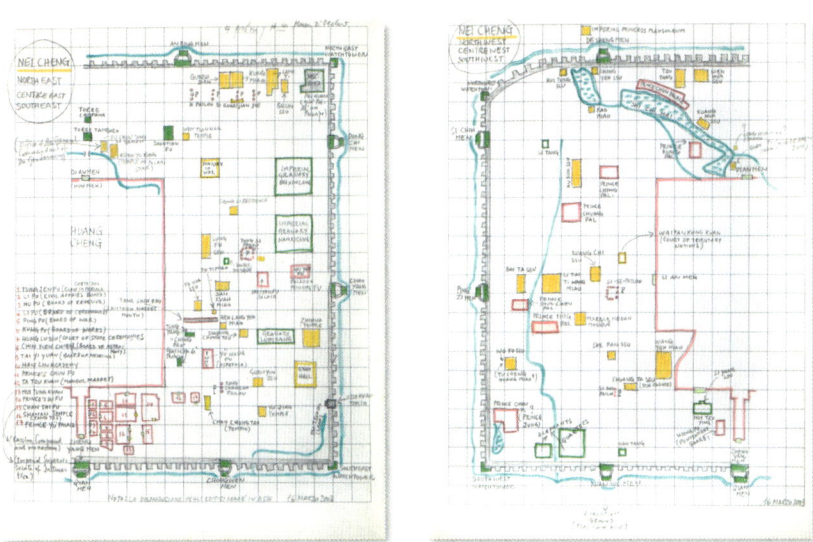

经过现场考察后，我手绘的一些北京历史地图

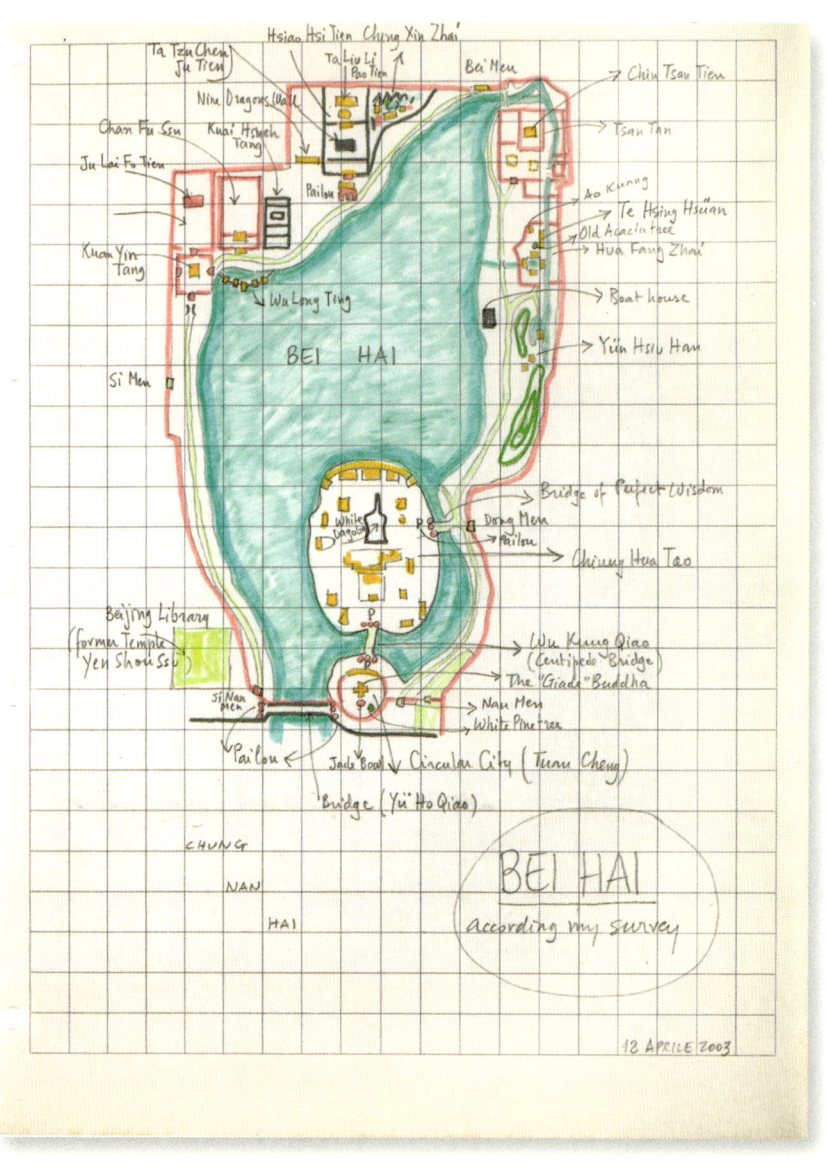

2003 年，我为《北京，天朝的首都》一书绘制的插图

2002 年 8 月，与菲兰彩一起在画舫斋

多年来，我一直在古董市场上收集古旧书籍。除了书本外，还有其他印刷品、铜版画、地图和各种图解资料，这些都是我做地形学和肖像学研究的依据。我还自己绘制地图，手把手地描摹这座城市的每一寸方圆，将幸存的或是已被改造的寺庙和古迹标注出来。在天坛前面的神农堂附近坐落着中国建筑师协会，我认识了协会的工作人员，并将自己所做的研究同他们那儿保存的老北京木制复原模型做比较。

我的生活被分割成两半，在特雷维索的家中我学习研究，在北京宾馆的客房里我手持地图，将古迹原址的现在面貌一一圈出。与西方所了解的不同，北京的古老寺庙道观并没有全部被毁，恰恰相反，几乎全都存在，也许保存状态不佳，或是被用于其他用途，但是百分之九十是原貌。这是一份让我备感幸福的惊喜。

第七部分

2002—2012

丝绸之路和华夏文明文物展

《北京晚报》刊发文章，报道我的中国故事

丝绸之路和华夏文明文物展

2003年4月，我刚从中国返回意大利时，就发现整个世界都在散布一条消息：中国正在暴发一种可怕的传染病"非典"，是一种严重的呼吸道疾病。警报拉响后，大批外国人逃回了自己的国家，商业协定中止了，航班关闭了：一片混沌。

我打电话给《北京月讯》的记者朋友，向她询问中国老百姓的真实反应如何，又问北京市政府新闻办主任王惠女士有怎样的看法。她回答我说，他们并不清楚该如何应对，需要更多的真实信息，如果我能去一趟北京，将会非常有益，因为他们视我为媒体专家。

尽管警报四起，我仍是决定搭乘唯一开放的那趟德国汉莎航班，返回中国。我受到了英雄般的接待，因为当其他外国人都胆战心惊地逃离中国时，我回到了她的怀抱。我出席每日的记者招待会，主持会议，参加电视节目。

> **这一切的努力都是为了还原问题的真实状况，不缄默，不保留，不虚构，不夸大其辞。**

世界卫生组织的代表们一起决定，6月4日起危险期已度过，"非典"被战胜了。我被视作英雄，他们评价我道："在我们最需要的时刻，意大利记者朋友与我们站到了一起。"

2003 年 5 月，北京，在"非典"期间与中国媒体会面

当我战胜"非典"凯旋时，特雷维索的一位重要人物拜访了我。他是卡萨马尔卡基金会的主席迪诺·德·波利先生，一位高瞻远瞩的英明人士，曾是一位国家级政治家。早在《特雷维索七日谈》时期，我就认识了他。

他了解到我在北京举办的展览后，向我表示，他对我所做的中国研究很感兴趣，并带来了一项倡议。这个倡议将改变我未来10年的人生。基金会所属的卡萨雷斯博物馆近年来成功举办了几届印象主义画展，但现在是时候做一些改变了：为何不考虑举办一个关于华夏文明的大型系列展，围绕丝绸之路的主题，重续两国的友好关系呢？

又一回，丝绸之路回到了我生命的轨迹中！我回答他说这个计划将会一鸣惊人，随即我又向他陈述了我对这项计划的构思：将秦统一中国后23个世纪的中国古代史和文化艺术史分成四个单元，通过四届双年展分别展出。他毫不犹豫，当下指派我负责此事。

3天后，我便飞回了北京，与中国国际文化书院的朋友们一起商议计划，他们又将我引荐给了中国文物交流中心。接下来，我不停地同中国博物馆界的人士会面，落实各项事宜，到现场参观文物。

3周后，大致的计划已成型了，我返回意大利。我将策划书交给了德·波利主席，他带到董事会，得到了批准。我开始准备第一届展览。卡萨马尔卡基金会和中国国际文化书院双双任命我为策展人。

在那一时期，108岁高龄的陈翰笙教授辞世了，我乘飞机回北京去吊唁，向他致以我最崇高的敬意。他曾经的预言都成真了。

我决定在中国度过2004年的整个夏天。第一届展览将在2005年秋季开幕，涵盖了中华文明最为重要的历史时期：从公元前3世纪的秦朝至公元10世纪的唐朝末年，历经两汉、南北朝和短命的隋朝。

研究的工作十分繁重，好在从一开始起，我的得力助手陆辛就一直协助我，陪伴我走遍了陕西、甘肃、河南、湖南、河北的所有博物馆，确定了一批有重要意义的展品。我组建了一个工作团队，一个真正意义上的科学考察队，包括六位资深的国际文化书院的历史学家和多家博物馆的馆长。

2004 年 8 月，北京，与德·波利主席一起来到中国国际文化书院

　　中国文物交流中心起草了一份重要文件，该文件高度评价了特雷维索的展览计划，称其为"在欧洲开启的前所未有的中国文化的窗口"。这份认可对我们的工作来说太重要了。我邀请德·波利主席同我一道去走一回丝绸之路，沿途参观一些历史遗迹、考古地点和借给我们展品的博物馆。在上海停留了两日后，我们出发前往西安、敦煌、乌鲁木齐、吐鲁番。每到一处我们都受到了热情的款待，中国人向来是好客的。

　　展览的准备工作正在有条不紊地进行，北京电视台的一位导演来为我拍摄一部纪录片。拍摄工作一半在中国进行，另一半则在意大利完成。拍摄小组来到了特雷维索，到我家来做客。聊天时我翻出了老相册，给他们看我儿时和年轻时的相片，这些都是我在特雷维索生活的片段。由于纪录片的题目将会是《一个现代马可·波罗的中国梦》，这是 25 年前华国锋主席赠给我的雅号，于是我们又去了威尼斯的"百万广场"，那儿有著名的威尼斯旅行家的故居。我们又去蒙费拉托地区的侯爵府上拍摄了两日，那段故事在我的人生中留下了重要的一页。

在北京，我的许多朋友都接受了电视台的采访，包括王惠女士和吕同六先生，而陆辛则向大家介绍了老马的"中国生活"，这些镜头都收入了这部纪录片中。在奥运会期间，这部片子先播出英文版，后来连续播放中文版。当电视台播出后，我在大街上行走时，常常有人拉住我问："你就是老马？你就是那位被称为'中国人的朋友'的意大利记者？是你，对吗？"甚至星期天我去潘家园古玩市场时，卖古董的商贩们也会认出我。他们热情地同我打招呼"你好，老马！"，并自豪地向路过的顾客介绍说他们认识我，有几回我还在他们店里买了东西如何如何。总而言之，有幸成为北京"老物件儿"的品质保障，对我来说，并不是件坏事……

由于展览的准备工作繁忙，我无奈地暂时搁置了有关老北京的研究工作，这让我心里十分难过。每当听到某地出土了什么神秘的文物，尚未向公众展示的消息，我便再也按捺不住好奇心，背上行囊，天涯海角，慕名追去。

2004 年 10 月，北京电视台摄制组在威尼斯拍摄纪录片《一个现代马可·波罗的中国梦》

我撰写的关于老北京的文章在《北京月讯》上发表

有一日，遇到《北京月讯》的记者朋友时，她提醒我说，我所做的有关老北京的研究工作非常有价值，半途而废实在是太可惜了。她邀请我在月刊上开一个专栏，讲述这个话题。这份刊物每月都会发放到各大宾馆、使馆、旅行社，以及经常有外国人活动的公共场所。我同意了，直到第一届展览开幕前夕，我一直准时交稿。

　　之后，我投入了全部的精力准备展览图录。第一本图册大约有600页，用三种语言作文字解说。所有的展品都有图片说明，还附了一张中国与世界的历史年代对照表。在西方还从未有过如此真诚地介绍中国的图录。我可以自豪地说，这四本图录将成为历史。如果没有图录，一场展览日后能为人们留下些什么呢？

　　中国文明与意大利文明一样，值得世人投以最高的关注。中国为我开启了她的博物馆之门，我应邀走访了不对外开放的考古地点，得以进入一些博物馆地库，有幸目睹了里面珍藏的"国宝"。在借展品时，我提出的所有要求几乎都得到了满足。这让我感动，因此准备一本精美的图录，不仅是一种义不容辞的责任，更是一件我欣然接受的

从 2005 年到 2013 年，在卡萨雷斯博物馆举办中国文物系列展览的图录封面

工作。我不愿在困难和辛劳面前退缩，一心一意提供高水准的展品，出版高质量的图录，设计高品位的展览。

在这之前，策划展览并不是我的工作，也并非我所擅长，我对参观者的期待了解甚少。我仅仅是遵循了这一条思路：又一次，与中国的友好关系帮助我找到解答困惑的钥匙。我内心有十分的把握，没有什么困难是无法逾越的，没有什么是不可能的。

当我遗憾地告诉我的记者朋友，我无法再为那个专栏撰稿时，我提议写一篇关于马可·波罗的文章作为总结。作为"现代马可·波罗"，我唯有以这种方式向我的读者们告别，荣归故里，等待第一届展览的开幕。我为第一届展览定了一个响亮的标题——天国的诞生。

我往王府井书店和西单图书大厦跑得更勤了，整日里泡在历史、考古和艺术书籍专区，将一捆捆的书扛回家，晚上同陆辛一起研读，他为我做翻译解释。我还经常去一家中央美院附近的书店逛。每每翻到一本珍贵的专题册，我都会毫不犹豫地买下，柜台前的老店主总是对我笑脸相迎。在那家店里，我了解到一本名为《紫禁城》的月刊，如今我收藏这本杂志已多年了。这是一本珍贵的考古杂志，提供最新的考古界动态，开辟各种专题讨论，内容涉及面颇广，将博大精深的中国文化遗产呈现于读者面前。现在，我的书架上再也没有空余的位置了。我为此感到担忧，因为每一次旅行，见到好书，我总是无法释手。

大约在第一届展览开幕十年之后，我认识了《紫禁城》的主编们，与他们在东华门附近的办公室会面。他们邀请我写一个专栏，每期至少八到十页，话题是有关老北京的，这样我终于可以捡起被我搁置了大约十年的老北京历史研究工作。这个念头一直揪着我，当我写完《老马》这本书后，将着手做这件事。事实上，我心里有一种强烈的愿望，想要回到书桌前，坐下来继续这份我时常挂念在心头的工作。

2005年，我更多的时候是在中国度过的。我往来如梭，奔走于北京和北方各省市的博物馆间，选择要借用的展品，拍摄相应的图片。

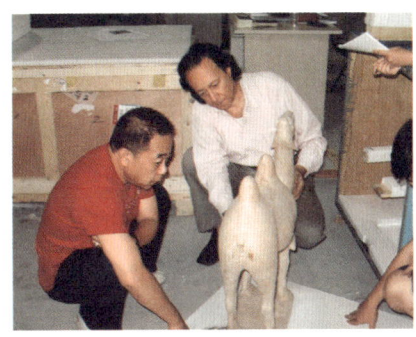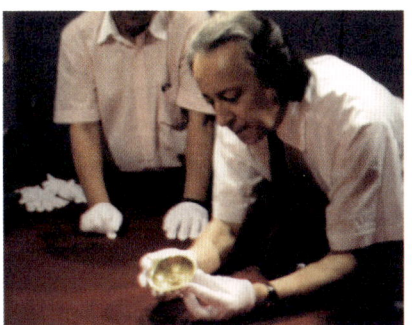

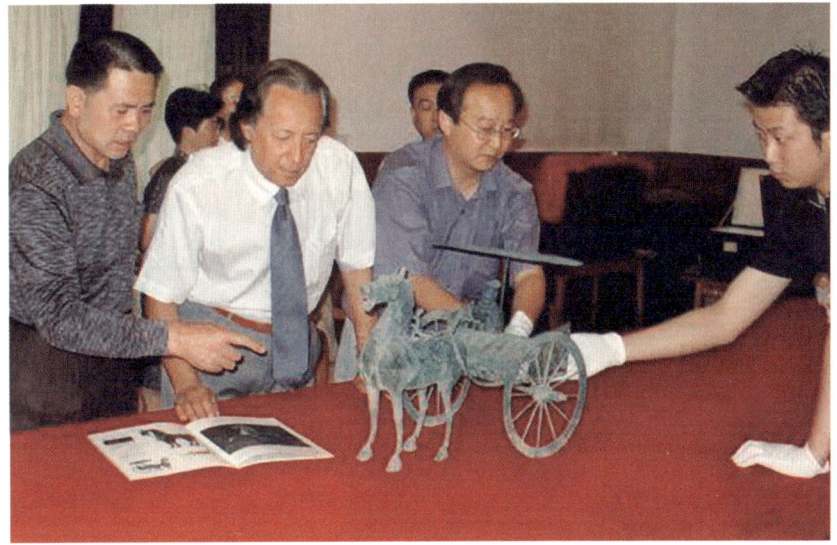

2005 年，在西安、兰州，检验为展览挑选的展品

工作繁杂，很可能由于许多阴错阳差的因素，结果不总是令人满意。我明白不到最后一刻，都有可能发生节外生枝的事儿，毁了我全盘的计划，后果不堪设想。因此，我的心一直惴惴不安。待到所有的展品都汇聚到西安，一一做检验，登记归档，随后又小心翼翼地进行包装时，我才觉得快要大功告成了。当然，直到所有的包装箱都运到了北京机场，登机前往法兰克福，再转经高速公路，"奇迹"般地运抵卡萨雷斯博物馆时，我悬着的心终于放下了。

我在《中国文化遗产》杂志上发表的文章

如有天助一般，一切都进展得很顺利。这再一次证明了我所坚持的信条：只要全身心地投入其中并遵守规范，再困难的事儿也能办成。只需想一想复杂的官僚程序，就会明白这种心理准备并非毫无意义。

"丝绸之路和中华文明"第一届展览成功地吸引了参观者。西安的兵马俑、长沙马王堆出土的两千多年前的素纱禅衣、江苏出土的金缕玉衣、兰州的汉代青铜器、洛阳的唐三彩（骑马背弓狩猎陶俑、三彩骆驼载乐俑），这些都是从未在意大利展出过的顶级展品，其知名度和象征性无可匹敌。

第一届展览圆满成功，卡萨雷斯博物馆当之无愧地成了"欧洲前所未有的中国文化的窗口"。有人甚至还激动地称道"世界第一"，而对我来说，"意大利第一"已是相当高的荣誉了。

中国方面也向我发来了祝贺，文物界的一本官方杂志用大篇幅报道了展览成功的消息。这给了我不少的鼓励，因为我并不是什么专业的策展人。如果不是德·波利主席的提议，我无法想象如何操办这样大规模的活动。随着时间的推移，四届展览的成功举办，使我积累了丰富的经验，让我相信策划展览是我生命中崭新的一页。我深谙博物馆界的运作模式，认识到一项文化活动的策划必须呼应参观者的期许，策展人必须了解参观者想要看什么、知道什么，要通过你的介绍，增加他们的见识。就像过去我教书的时候，我总感觉自己肩负着一个重大的责任。我所获得的认可激励着我加倍努力。

体验了展览第一个月的成功喜悦之后，2005年12月我回到了中国，与陆辛一同出发，飞往内蒙古呼和浩特市，那座城市成了第二届展览的准备工作基地。这届的主题对我来说更吸引人，因为这段历史跨越了从唐朝没落至元朝末年的近半个千年的时期。关于这些朝代，我们西方人了解甚少，尤其是辽和西夏这两个为后世留下了许多神秘传说的朝代。

呼和浩特博物馆的朋友们热情地接待了我。我意识到在这里有关成吉思汗与忽必烈的资料十分充足，足以演绎这个蒙古朝代的史诗。

然而关于其他朝代的资料我必须去别处寻找：去东北寻找有关辽代的资料，去黄河上游戈壁滩上的银川和鄂尔多斯寻找有关西夏的史料。我们顶着暴风雪，踏遍了荒无人烟的西北大漠，探索的过程充满了乐趣。我终于收集到了第二届展览所需的全部资料，包括在古老的燕京城地基上出土的金朝时期精雕细琢的金饰和玉饰，它们现被保存在北京首都博物馆中。

2007年10月，展览开幕了，取得了同样的成功。一位逝世时年仅18岁的辽代公主的奢华墓葬博得了参观者的同情与惊叹。而首次向世人展示的马可·波罗遗嘱，则是我在威尼斯的圣马可图书馆中找到的。这是一张珍贵的羊皮纸，长期被压在"箱底"，几乎快被人遗忘了。纸边磨损严重。我花了重金，找人将其小心翼翼地修补好。

2007 年 10 月，与德·波利主席和大使先生等人在特雷维索

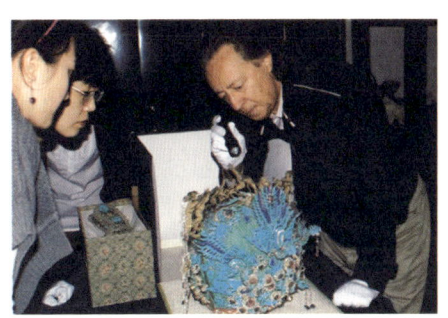

2009 年 6 月，在北京昌平，检验一顶明朝的皇冠

2009 年，在意大利举办的明代文物展图录封面

伟大的明朝，以紫禁城为重点，成为2009年第三届展览的主题。14至17世纪中国的辉煌与富饶，可以从价值连城的展品中得到印证，只要想一下万历皇帝的陪葬皇冠便可知晓。

为了让参观者更好地领略紫禁城的恢弘气势，我找了中国的能工巧匠，花了两年时间，用椴木以1∶200的比例制作了一个故宫的缩微模型，占地面积达40平方米。在制作过程中，我多次到北京郊外的工作现场视察，尤其是宫殿屋脊的弧度，我亲自到紫禁城测量，再将修改意见汇报给工匠师傅们。这是一件精确的和忠实的复制品，每一处细节都做到了精益求精，包括屋顶瓦片的排列、栏杆的柱头、台阶和长廊的数量都与原件一模一样。参观者们啧啧称奇。如今这件复制品被分为14个单元包装好，放置在一个仓库中，等待着重见天日，或许在另一次展览中，或许在一个永久展厅中。瓷器花瓶、画在绢上的卷轴画、湖北梁庄王墓和南京古城地基上出土的珠宝首饰，无不证实了大明王朝的光辉历史。这也是我一直以来所期许的：有朝一日中国人会眷恋古韵遗风，老北京人会珍惜他们正在消失的老皇城根儿。

2009 年春季，在北京，检查我订制的故宫木制缩微模型

随着2008年北京奥运会的临近，老北京热也逐步升温，我有幸目睹了这一变化。曾经出版了《1900年的北京》一书中文版的东方出版社的编辑通过陆辛联系到我。他们记得有一回晚餐时，我曾提及在我最初的几次中国之旅中拍摄了许多老北京的图片。他们提议我选择一些照片，出版一本书，来见证北京30年间的变化。《一个意大利记者眼中的北京》便由此诞生了。这个提议令我十分高兴。说实话，长久以来，我一直期待着中国老百姓能够珍藏对这座城市的古老记忆。

东便门和崇文门间两公里的明城墙得到了修复，这期间，我参与了历史图片研究工作，提供了我的一些老照片，内心里感到一种极大的满足。图书的出版引来了中国媒体的关注，我感到自己应该重新拿起搁置了有10年之久的老相机，90年代席卷中国的旅游热潮曾经使我无心拍摄任何照片。

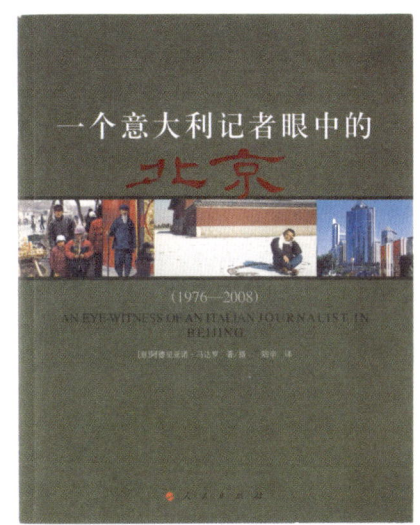

人民出版社出版的《一个意大利记者眼中的北京》

2010 年 1 月，北京，护城河

2010 年 8 月，在特雷维索的家中接受新华社特派记者的采访

为了比较今日与过去，我拍摄了几卷当今北京的照片作为参考，但是从摄影的角度来看，如今的北京再也不能给我灵感了。然而，当镜头拉近，聚焦百姓生活的核心，北京仍是多年前的那个北京。

在我的宾馆附近，即故宫和钟鼓楼一带，天际线仍保持了原样，然而喧嚷的游客、满是铜臭味儿的黄包车胡同游，却令我无限惆怅。不过，你若有心在老北京的街头巷尾踱上几步，便会发现，那些外人以为早已逝去的民风民俗，仍旧藏在老北京人的生活之中等待着被重温。

驻罗马的新华社特派记者们也得知了《一个意大利记者眼中的北京》一书的出版，他们专程来到家中采访我。我感到万分惊喜，没有想到这本不起眼的书能引来如此的轰动。新华社的两位记者告诉我，像老马这样的意大利人他们还没有遇到过呢！还有，谁能藏有70年代拍摄的中国照片呢？

我在书房里接待了他们。他们饶有兴致地翻看着我的资料，其中，有60年代与苏阿芒的往来信件，我收集的19世纪末20世纪初的老照片，在世界各地的古旧书店中寻获的天朝帝国的历史地图。

他们问我为何从儿时起就萌生了对中国的兴趣，我开玩笑地回答说，可能前世我是恭亲王。2010年春季我去了一趟遵化，踏访了清东陵。我拿出了一张照片，照片上我正在与康熙景陵神道上的一尊石像先生"对话"。说到这儿，我赶紧打住了谎言，尽管他们善意地笑着点头称是。

那年春季我不仅去了遵化，还去了努尔哈赤的故都沈阳。不知出于什么原因，我对满族的历史一直很感兴趣，尤其是这座古都。我在25年前到过沈阳，看到了她变化前的旧模样。这座城市有着30年代的遗韵，在我的眼中，这一切都是那么的浪漫。如今这种风貌已荡然无存，唯有昔日的皇宫孤零零地伫立在城市版图上，被摩天大楼构成的钢铁森林重重包围。

我重访沈阳，不仅是为了参观皇宫，也是为了欣赏气势雄浑的努尔哈赤与皇太极的皇陵。皇陵体现了由帐篷化身的、充满了满族文化特征的建筑风格。为了布置第四届展览，除了沈阳外，我还去了长春收集资料，用于展示末代皇帝溥仪的人生。长春这座城市保留了伪满皇都新京的布局风格，这一点竟荒谬地成为使之区别于中国其他千篇一律的现代城市的特色。

2010 年春，遵化，参观清东陵

中国的出版界很有意思，也有点儿奇怪，与意大利出版界的运营规则不太一样。我的朋友闫先生，一位眼光独到的策划编辑，认为《一个意大利记者眼中的北京》一书应该配以更精美的装帧设计，以彰显书中照片的价值。而对于之前的出版商来说，这不成问题，因为出版的利润已经有了，所以是否再版完全取决于我是否同意。我与人民出版社的主编联系，他向我确认了没有问题。这本书中的照片都是有关中国老百姓的日常生活的，因此我并没有企图赚取什么版权费。闫先生有着惊人的图文设计天赋，为了保持该书的原汁原味，他提议同时出版英文和意大利文版，用一个布纹书套包装，上面雕一个镂空的天坛剪影。这份杰作是中国再次给予我的厚赠。这么多年来，我们以相互的情谊支撑着彼此。

五洲传播出版社出版的《一个意大利记者眼中的北京》英文和意大利文版

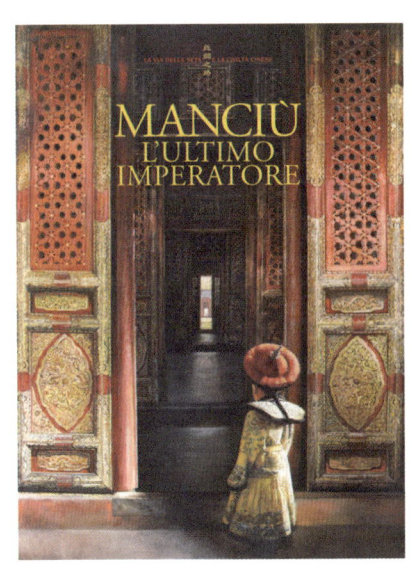

2011年，在意大利举办的清代文物展
图录封面

　　2011年以第四届展览的成功举办而收尾。这一届展览的主题是清朝。在西方，人们更为熟悉的名称是满族王朝，以及末代皇帝溥仪这个人物，这是由于导演贝托鲁奇的电影宣传产生的效应。

　　展览开幕期间巧逢清朝覆灭100周年这个特别的日子。在此我想讲述一件轶事，它引发了我的深思。10月10日那天，在紫禁城的一角，当最后的展品检验和包装工作都结束后，望着工人们将最后几箱文物装上了卡车，运往海关，我坐在雕刻着盘龙图案的大理石台阶上，不禁悲从中来。在我周围的空气中弥漫着一种凝重的氛围，晦暗的天色沉沉地压着鎏金的宫殿屋脊。突然间，从金钟柏林子里窜出一群乌鸦，凄厉的叫声划破了四周的死寂。装满了帝后朝服的最后一个包装箱被运出了紫禁城，我坐在那儿等待着陆辛，心里却莫名地惆怅。一切都进展得很顺利，最后这一届展览的准备工作也圆满地结束了，为何我竟是这般垂头丧气呢？我想不明白，但很快我想起了这是10月10日，100年前的今天，清帝国灭亡了。在这个天朝上国命运终结100年后的今日，我就在此地，将帝国的珍宝运往意大利，包括第一次在海外博物馆展出的紫檀嵌珐琅花鸟纹座屏。

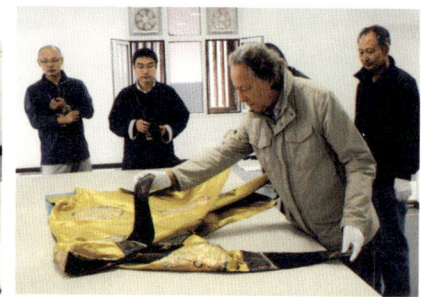

2011 年 10 月，在故宫检验展品

　　这一切就像是从电影剧本中照搬的情节，然而命运远比任何一位笔法高明的作家或导演更富于想象力。

　　2011年12月，我前往罗马出席一次中国大使馆主办的文化活动。其间，我与时任湖北省委书记李鸿忠先生共同签署了一份协议，达成了与湖北省博物馆界合作交流的共识。当时，大使丁伟先生和其他官员都在场，他们对此项合作表示赞成。

2011 年 7 月，北京，为我颁发与中国文化交流关系建立 35 周年纪念证书

2011 年 12 月，罗马，与湖北省签署合作协议书

2012 年 3 月，武汉，我当选"中意博物馆联盟"意方主席

　　3个月后，2012年3月，我应邀出席了在武汉举办的"中意博物馆界展览交流会议"，席间我被选举为"中意博物馆联盟"意方主席。这对于我有着里程碑式的意义：

　　　　多年来，我一直致力于让意大利了解中国的事业。如今，我被邀请在中国的不同博物馆举办一系列的展览，向中国介绍意大利。

![2010年，在沈阳故宫（乔治·斯特凡内利 [Giorgio Stefanelli] 摄）](image)

2010 年，在沈阳故宫（乔治·斯特凡内利 [Giorgio Stefanelli] 摄）

　　那一日，我觉得风风雨雨地这么一路走过来，命运十分眷顾我。如今，老马的史诗快要成就了，小男孩的那个中国梦依然藏在心底，热爱与激情不减当年。

　　回首往事，我心更为坚定。

第八部分

2012—2021

让世界读懂中国

2016 年，北京，老马来华 40 周年纪念聚会

让世界读懂中国

多年来我一直设想能在中国的博物馆里举办一些意大利文物展，这个想法立即得到了佛罗伦萨考古博物馆馆长朱塞佩娜·契安费罗尼教授的热情支持。她是一位非常专业的伊特鲁利亚历史学专家。她在很短的时间内"策划"了一个文物展方案，这个展览方案得到了位于武汉市的湖北省博物馆馆长的赞同。

在特雷维索，我也正在筹备一个涉及许多政治和历史问题的大型西藏文物展览。同时，在佛罗伦萨，一个以伊特鲁利亚历史为主题的大型文物展的筹备工作开始了，计划在2014年秋天开始它们的中国之旅。

在2012年夏季来临之前，我和陆辛一起，开始了将在特雷维索的卡萨雷斯博物馆举办的西藏文物展的展品选择工作。为此，我们专程去了甘南的拉卜楞寺和位于青海的著名喇嘛教寺院塔尔寺。

从兰州乘车到达拉卜楞寺后，再穿越甘肃省和青海省之间的高原地带，共用了6个小时，我们一行到达了塔尔寺。沿途常常可以看到一群群的牦牛在悠闲地啃着尚未干枯的小草。对我来说，这是一项非常有教育意义的"任务"，我可以借机了解一下偏远的藏区的生活现状，特别是中国境内最大的喇嘛寺院之一的宗教活动的自由状态。拉萨、甘孜和日喀则在过去30多年里，一直是西藏旅游的一部分，而塔尔寺则是相对独立的，与所有的人和所有的事都相距甚远。它的气氛就像是一个"圣城"，异教徒几乎无法进入，令外国人难以想象。

2012 年，在塔尔寺

2012 年，在塔尔寺

2012 年，在卡萨雷斯博物馆举办的"西藏文物展"受到"藏独"分子的阻挠

如此沉浸在藏族精神最强烈的地方之一，使我对未来的西藏文物展的方案"设计"提出了新的思路：展陈策划的重点应该放在宗教的精神信仰上，而不是像普通的旅游宣传那样，仅仅介绍藏族喇嘛寺院的情况。对我而言，这是"黄帽"教派自然而然的精神"沉淀"，这是密宗佛教文化的最高代表，而在艺术表达方面，尤其是在雕像的选择方面，更应该体现这一点。

西藏展览在卡萨雷斯博物馆如期举办，但令我意想不到的事情却突然发生了——这个展览引起了居住在意大利的达赖喇嘛的支持者们的抗议。这些人是好斗的"自由西藏"协会的成员，他们主张中国西藏那片广袤领土的独立。这是他们抗议的主题。他们甚至试图在博物馆门前拦截展览的参观者，说服他们放弃参观，并和他们一起站在达赖喇嘛这一边。

他们的"理由"很简单：中国人入侵了西藏，展出这些展品就是对西藏人民的盗窃。傍晚时分，大约几十名抗议者集中在博物馆的门

2012 年，特雷维索的卡萨雷斯博物馆举办"西藏文物展"

前，点燃了蜡烛，口中念着"唵嘛呢叭咪吽"，并向过往的行人和游客分发传单。我寻求和他们对话的方式，向他们解释：这些展示的文物是来自中国民族文化宫和紫禁城的皇室收藏品；在历史上，前任的达赖喇嘛们曾经到紫禁城觐见过明清的皇帝，因此这批文物具有很高的艺术价值、观赏价值以及关于宗教研究的学术价值。

　　看到这些抗议者们拿着蜡烛站在寒风中，我便让博物馆的工作人员为他们端来热茶，让他们得到些许温暖，还允许他们自由地使用博物馆内的卫生间。我所采取的对付这些"和平主义者"的政策，使他们的情绪逐渐平静下来。随着抗议活动的日趋减弱，终于在圣诞节前，抗议以交换礼物的方式得以结束：我送了他们一本精美的展览图录，他们回赠我一幅折叠整齐的他们组织的旗帜。

西藏文物展一直延续到次年的春季，接下来我们又举办了印度文物展，下一年又举办了日本文物展，此时已经是2015年的秋天。

从2005年起，我在卡萨雷斯陆续举办了五届中国文物展。关于中国主题的系列展于2013年完美收官。

从2005年到2015年，在连续10年的时间里，我为一个富有挑战性但令人兴奋的项目尽了最大的努力。只有在这四届大型中国文物展览中，我才有机会近距离观赏了大约2000件精美考古文物，甚至是天朝皇帝的宝座。与此同时，在中国，致力于介绍西方文明的展览项目也在推进。湖北博物馆举办了伊特鲁利亚文明展首展，观众好评如潮，后来陆续在中国其他几家博物馆举办的巡展也同样成功。

在陆辛的帮助下，我又组织了另外两个来自意大利的考古展览，在中国的社会公众中也产生了很大的影响。其中一个是地中海文明展，讲述了从腓尼基文化到东罗马帝国的文明进程。这个展览在西安的秦始皇帝陵博物院、沈阳的辽宁省博物馆、石家庄的河北省博物院、武汉的湖北省博物馆、天津市博物馆和重庆三峡博物馆陆续举办。

另外一个是意大利博物馆收藏的古埃及文物展览，展品主要来自佛罗伦萨和威尼斯地区的博物馆馆藏。展品中还有三具保存完好的木乃伊，其中一具是小男孩木乃伊，还有动物木乃伊，包括一只小尼罗河鳄鱼和一只猫的木乃伊。古埃及文物展首先在湖北省博物馆举办，然后是浙江省博物馆，最后在天津博物馆收官。这些博物馆为了展出的效果，设计制作出许多古埃及的壮观场景，使这个展览更加生动活泼。

我的朋友，有着强烈进取心的年轻人闫志杰，问我是否愿意去新疆实地考察，并撰写一本新疆之行的印象游记。该书将由极富盛名的五洲传播出版社出版发行。我愉快地接受了他的邀请，其中的一个原因是，我本人可以绝对自由地写作，而且无需事先审查。其实，这种情况下反倒不容易写好了。

2013年7月中旬，我、陆辛和摄影师周楚峤一行出发了。随行的还有一位年轻的秘书，他来帮助我做记录，特别是被采访人名字（维吾尔语或哈萨克语）的正确拼写。他还有一份重要的任务，对我们将要访问的偏远地区的方言进行翻译。我以前曾经去过新疆，但仅限于乌鲁木齐和吐鲁番。老实说，我真的很想去一些别人不太常去的地方，比如遥远的阿勒泰、霍尔果斯口岸和伊犁河畔的古城伊宁市。

我们的考察任务分为两个阶段。一次是在炎热的7月，这段时间日照时间最长，是在地里采摘番茄和棉花的季节。另一次是来年的1月，这时习近平主席正在酝酿一个伟大项目，即称为"新丝绸之路"的"一带一路"倡议。新疆将摆脱其世俗的孤立，它的潜力将被充分发挥出来。

在新疆，我还参观了新疆生产建设兵团的一些农场。这个真实的"奇迹"可以追溯到20世纪50年代初期。根据毛泽东的一项指示，这里成立了这个"生产建设机构"。一支真正的平民军队，吸引了全中国数万名年轻人，他们来到靠近西部边境的新疆沙漠地区，决心"改变历史"。他们怀着对生活的强烈激情和英雄气概，艰苦奋斗，投身于一项看似乌托邦的事业，最终却取得了伟大的胜利。通过这些有志青年们的不懈奋斗、努力甚至牺牲，包括被称为"铁姑娘"的女青年们的奉献，新疆成为一片乐土。

在采访中，我有幸见到了这些英雄中的一位代表。她叫江桂芳，来自山东，与成千上万的男女青年一起，在荒滩沙漠上创建了奇迹之城——石河子。如果你不亲眼看到，你就不会相信，这座诞生于沙漠中的城市，如今已成为一流的居住和生产中心。石河子新城位于绿意

采访江桂芳夫妇

江桂芳年轻时的照片

在石河子广场跳舞的人们

在"军垦第一犁"雕塑前

和努尔娅及其他哈萨克族舞者们跳舞

中国和哈萨克斯坦边界的桑德克哨所

和 32 号界碑守护者马军武在一起

在棉花地里

在西红柿地里

我的身后是大片的向日葵田

在新疆采访的途中

盎然的植被中间，四周是棉花和西红柿田。在哈萨克牧区，我品尝了当地饶有风味的美食，和牧民们一起跳舞；在阿勒泰地区，我参观了一望无际的农田，那里种植着西红柿、薰衣草和向日葵等极富新疆特色的农作物。无论走到哪里，我都受到了友好和热烈的欢迎。在伊犁地区，我还得到了一个维吾尔族家庭的盛情招待，那实在是令人难以忘怀的美好记忆！

2015年，在我自1976年第一次来华旅行40周年的前夕，湖北省博物馆、秦始皇帝陵博物院、辽宁省博物馆、浙江省博物馆和绍兴博物馆的朋友们，计划联合举办一个摄影展览，展示我在1976年至1980年间在中国拍摄的200多幅彩色照片。这批照片连接了两个截然不同的时代——"文化大革命"末期和改革开放初期。选照片对我来说是一件非常艰难的工作，因为每一张照片都弥足珍贵。

2015 年，我的照片在湖北省博物馆、北京鲁迅博物馆、秦始皇兵马俑博物馆、辽宁省博物馆、浙江省博物馆和绍兴博物馆进行巡回展览

但为了展览，我不得不忍痛割爱，反复甄选。摄影展取得了令我意象不到的巨大成功。许多在不知不觉中被我定格在画面中的人们感到惊讶：照片中的儿童变成了成熟的男人，小女孩成了母亲，母亲变成了老奶奶。尽管经历了将近40年，周围的一切都发生了变化，但令我高兴的是，我竟然可以再次见到照片中的人。这一消息通过报纸、电视和网络传播开来。2015年至2016年期间，我也迅速走红了。简言之，我是一名记者，40年后，我向中国的年轻一代展示了他们的国家在过去的日子里是什么样的，那是一个真正的"不可思议的年代"。

在北京，摄影展是在鲁迅博物馆举办的，这又是另一个感人至深的场合。我熟悉这个地方，那是一座灰色的院落，是这位伟大作家在古都逗留时居住过的地方。他的几部著名的作品就是在这里写作完成的。此时，我漫步在他的花园里，看到了已经开花的老杏树，还有其他刚刚从漫长的冬天苏醒过来已经发出新绿的树木。一群喧闹的青年学生围着我，要我在照片图录还有我的传记《老马》中文版一书上签名。这些都是那位非常有进取心和能力的年轻平面设计师闫志杰先生策划和组织的。他布置了一张堆满书籍的桌子，安排了两个年轻的助手。大家有序地排队等候，我为他们一一签名留念。

说到这里，我必须要讲一件最让我感动的故事。通过各种渠道，他们找到了我照片上的两个"主角"。一个是当年在四季青小学上学，坐在板凳上的小男孩，叫保善录。他现在青海，已经是一名50岁的工程师。另一个是照片中一个女中学生，名字叫石友芳，和同伴走在上学的路上。除了书包外，她的手里还拎着一个小折叠椅。这是当年我在北京站附近的胡同里拍摄的照片。当时两个女孩都没注意到我，她们一直在交谈。如今她们已经是妈妈了，她们的女儿的年龄甚至比当时照片中的她们还要大。凑巧的是，其中一个女孩的女儿大学毕业后，正好在鲁迅博物馆工作。她在准备展览照片的过程中，看到1977年的照片中的那个女孩很像是她的母亲。她

2015 年 4 月 11 日，与石友芳女士和她的女儿在北京鲁迅博物馆

2015 年 4 月 11 日，向保善录先生赠送我拍摄的照片

2015 年 4 月 11 日，在北京鲁迅博物馆为读者们签名留念

不敢肯定，于是用手机拍摄了照片发给她的妈妈确认。她的妈妈和她一样惊喜：这是和她最要好的朋友一起上学，但是她们怎么会被外国人拍成照片了呢？什么时候？怎么没注意到呀？总之，那天，我在鲁迅博物馆度过了一个愉快的上午。在开幕仪式上，我见到了我照片中的两个"主角"：一个是当年的小男孩，一个是成为妈妈的小女孩。同样，他们两人都为那张照片登上报纸和参加开幕式而感动和高兴。

这真是一个巧合，但我认为也许是命运的安排。在我拍下上学路上的两个小女孩的照片两年后，我又来到北京，住在西单附近的民族饭店。从我房间的窗户向外拍摄了眼前的城市景观后，我到楼下的餐厅吃早餐。几十年后我才知道，那天给我煎蛋的厨师，竟然是石友芳的父亲。

这太令人惊奇了，或许这就是"因缘"。在这么大的北京，我一个人，在不同的时间和地点，无意识地"遇见"同一个家庭的三代人：40年前，我在胡同里无意间拍到的那个女孩，我根本不知道她的名字；两年后，我下榻的酒店厨师是这个女孩的爸爸；近40年后，当我拍摄的照片将要展出时，最早发现和确认照片中人物身份的居然是她的女儿。这一切都是偶然发生的，一条无形的线连接着不同的人，并没有明确的原因，有一些神秘，令人难以置信，但是却真实地发生了。

我后来得知，在鲁迅博物馆举办照片展期间，有两位特殊的嘉宾来看展览。这两位老朋友来看望我，希望给我一个惊喜，可遗憾的是我前一天刚离开北京回意大利了。他们是陈宝顺和妻子沈夫人。陈宝顺是我在意大利多年的老朋友，在退休前任中国驻米兰总领事。他曾担任中国驻罗马大使馆参赞多年。1979年秋天，华国锋主席来意大利访问时，他担任专职翻译。

20世纪80年代初，中国政府开始开放许多一直对外国人不开放的城市，我利用这个机会参观了两个我特别喜欢的城市：杭州和绍兴。

我拍了很多照片，不仅拍西湖的诗情画意和绍兴古老的城镇，我还特意把镜头对准了那些专注于日常工作和生活的普普通通的人们。

40年后，我在1981年拍摄的照片变得如此珍贵，引起了中国公众特别是年轻一代的兴趣。浙江省博物馆和绍兴博物馆专门举办了我的照片展，展出了100多张照片。其中一张照片拍摄的是西湖边的一对年轻恋人。杭州一家报纸对此十分关注，把它刊登在头版，并推出了一个"寻找照片中人"的活动。那对恋人的身份很快被市民辨认出来。给报社打电话的是他们的儿子小吴，他说照片中的人就是他的父母。但面对记者，母亲显得有些犹豫。在儿子和丈夫老吴的坚持下，女士答应接受报社的采访。这对夫妇向媒体讲述了当年他们的爱情故事和随后的生活故事，不仅同意拍照和刊登，还愿意参加电视台的节目。

关于绍兴，我对几张拍摄于1979年的照片印象颇深，因为那个时代的绍兴，几乎和《阿Q正传》的作者鲁迅笔下所描述的一样。如今，原来的景象不复存在，我的照片已经变成珍贵的历史文献。这里

杭州的《都市快报》头版刊登了我的图片展的消息

1979 年 5 月，绍兴桥头穿蓝衣服的小男孩儿

的一切都被异乎寻常地拆除、改变，但几条蜿蜒的运河与河上漂泊的
类似贡多拉的深色乌篷船，还是标志性的存在。真可惜！它离我的心
如此之近，以至于现在我几乎认不出我曾经所看到的任何景象。我很
庆幸我当年有机会把它拍摄记录下来。这次受绍兴博物馆的邀请，我
旧地重游。我一走进博物馆，就看到已经有十几个人坐在那里了。
他们每个人手里都拿着一张我拍摄的照片的放大的复制品，原来他们
就是40年前照片里的人物。这真是一个巨大的惊喜！我仔细地看着他
们，居然辨认出了他们当中的大部分。第一个认出的，是那个坐在桥
头、穿着蓝色上衣的小男孩。幸运的是那座桥依然存在，但周边的景
观完全改变了。老照片中那对修鞋的姐妹，还是在老地方继续为过路
人修鞋。她们身上的彩色毛衣，色彩鲜艳夺目，替换了那个时代的男
女皆宜的蓝色上衣和宽大的裤子。他们涌过来，给了我一个迟到的、

在《中国梦想秀》的舞台上，与我拍摄的照片中的主人公相见并赠送当年拍摄的照片

充满爱的拥抱。此情此景让我深深地感动，仿佛我是一个早年离家出走、现在回家的游子，时光改变了我的容貌。那一天，我的满足感达到了顶峰，因为我知道，我40年前拍摄的那些照片，也许是照片中的那些人的童年和青年时期的唯一的图像记录，照片中那些已经离世的老人的照片，也许是他们留给子孙后代的唯一影像记忆。

这些动人的情景，后来在浙江卫视的一个热播电视节目《中国梦想秀》中得以呈现。我自然也成了节目的主角。在杭州和绍兴找到的照片中的人，是当日节目中最特别的嘉宾。

同年的那个夏天，我与陆辛和闫志杰一起，共同为美籍华裔画家李洪涛在卡萨雷斯博物馆举办了他的个人画展。他用厚重的笔触和鲜艳的色彩，创作出多幅气势恢宏的、极具个人风格的油画作品。他也被西方媒体誉为"中国的凡·高"。这位强壮高大的光头艺术家在意大利引起了媒体和社会公众的关注。在展览开幕式上，他将两幅10厘米×12厘米的微型油画赠送给卢西亚诺·贝纳通先生，以此向贝纳通先生创意策划、多年来一直亲自管理的微型艺术收藏项目"意象世界"表示敬意。

第二天，我们应邀和贝纳通先生在庞萨诺的米内利别墅共进午餐。我产生了一个新想法，提议创建一个由中国各民族艺术家共同参与的微型作品创作和展览项目。贝纳通先生邀请我担任"多彩中国"的意方协调人，与中方的合作伙伴进行联络和沟通。自2016年以来，我、陆辛和闫志杰非常忙碌。每次到中国来，我都参与他们与艺术家、策展人和召集人的座谈会，出席展览的开幕式等活动，在各地之间飞来飞去，从临沧到昆明，从北京到呼和浩特。随着时间的推移，该项目已经收集了近五千名艺术家的作品。如果新型冠状病毒（COVID-19病毒）能够得到控制，"多彩中国"将参加2024年第60届威尼斯国际艺术双年展。

2016 年 1 月，北京，访问民族文化宫

2016 年 5 月，和贝纳通先生在民族文化宫

2016 年 5 月，北京，出席在民族文化宫举行的"多彩中国"大展启动仪式

2016 年 11 月，"意象世界·多彩中国"大展开幕仪式在云南临沧举行

2017 年 6 月，出席在北京举办的达斡尔族作品评审会

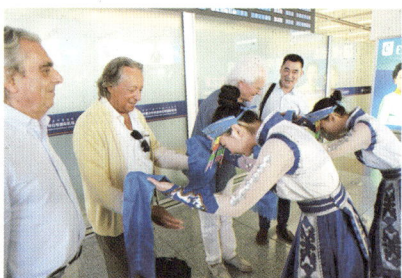

2017 年 9 月，出席在呼和浩特举办的"多彩中国"展览

2017 年 9 月，出席在呼和浩特召开的内蒙古艺术家座谈会

2018 年 1 月，在北京，与策展人张思永签署合作协议

为了"多彩中国"项目的实施，我们在2017年至2018年间，在中国和意大利组织了一系列与之相关的活动。我们在云南临沧举办了第一次"意象世界"展览。卢西亚诺·贝纳通不远万里，从意大利赶赴中国，出席在临沧和呼和浩特的展览开幕式。在昆明、大理、北京等地举办的"意象世界"展览，都引起了艺术家们的极大关注。

2018年6月14日，对"多彩中国"来说，是个荣耀的日子。中国国务院新闻办公室在意大利举办"感知中国"意大利行系列活动。"感知中国"活动旨在让世界了解和认识中国，已经连续举办了很多年，在国际上享有盛名。这次在意大利的活动，由中国国务院新闻办公室、中国驻意大利大使馆、意大利贝纳通学术研究基金会联合主办。作为系列活动的开幕单元，"多彩中国微型艺术展"在威尼斯的摩纳哥运河酒店举行，展出了630多件各民族艺术家的作品。这个展览吸引了无数的观众，成为当时威尼斯运河上一个令人瞩目的景点。作为这个展览的意方策展人和开幕仪式的主持人，能够向来自世界各地的观众展示我们中意双方合作的阶段成果，实在是一件令人开心和值得自豪的事情。

2018 年 6 月 14 日，我主持了在威尼斯运河酒店举行的"多彩中国微型艺术展"
开幕式

意大利的媒体如此评价：

被称为"多彩中国"的微型艺术展览项目，以艺术的方式，富有创意地表达中国56个民族的人文地理和艺术，让世界了解一个国家数千年的历史文化和当代风貌，并由此感知她生生不息的生命力和与时俱进的创造力。

2020 年 1 月 17 日，拜访中国民族博物馆，与顾群馆长（中）互赠图书

    2019年是个行程忙碌的年份，我先是参加一系列文化艺术活动，向各方推介"多彩中国"的项目。

2019 年，我的照片参加中国摄影家协会举办的"中外摄影家对着拍"活动

2019 年 3 月，在中国海关博物馆举办摄影展和专题讲座

　　与此同时，我的"摄影艺术"继续受到中国人民的尊重和认可。我参加了中国摄影家协会举办的一系列活动，出席在郑州举办的展览开幕式。在那里，我在1970年代末和1980年代初拍摄的照片，与今天中国年轻一代摄影家们的照片一起展出。跨越40年的时间，这些年轻的摄影家们在同一个已经发生深刻变化的地方拍摄新的照片，与我拍摄的旧照片对比展出。

　　新年伊始，中国海关博物馆也举办了我的摄影展览，博物馆的樊堃馆长还颁发给我一张珍贵的"荣誉证书"。

2019 年 3 月，北京印刷学院党委书记高锦宏为我颁发"兼职教授"聘书

2019 年 3 月，时任北京印刷学院新闻出版学院院长陈丹女士和我一起，为"贝纳通品牌传播研究中心"揭牌

2019 年 3 月，在北京印刷学院进行主题演讲

　　另外值得一提的是，受北京印刷学院的邀请，我在那里举办了一场讲座。面对上百位师生，我讲述了摄影作品作为信息的一个基本要素的重要性。今天，我们生活在一个充满图像和色彩的世界里，与文字相匹配的元素永远是讲故事的工具。北京印刷学院的领导授予我

"兼职教授"的特别荣誉，这个头衔让我很自豪，因为我以前就是一名记者。

不幸的是，自2020年1月起，由于疫情影响，中国采取了严格的封闭措施，人们的出行和聚会受到了限制。这些阻碍了"多彩中国"的作品和相关信息的征集，我们无法按计划编写图录。但是，疫情不仅在中国蔓延，欧洲各国、俄罗斯、印度，尤其是美国，反而是病毒感染率高的国家。

令我意想不到的是，绍兴博物馆和中国邮政总局合作，专门发行了纪念邮册，上面刊登了我"重返"绍兴的照片，把它与两张新发行的邮票装裱在一起。能上中国的邮政纪念册，太让我受宠若惊了，但是如果我跳出自我，从外界观察我自己，我会感到这是我对中国50多年的热爱获得的大奖。邮册上有我拍摄的一批过去绍兴的照片，比如湖畔的日落，可以让后人追溯几乎不复存在的绍兴旧貌。两张邮票更是见证了时代的跨越。爱又回来了，这是我应得的礼物。那天晚上，在入睡之前，我在想：这难道不是为逝者奉献的纪念邮票吗？我仍然在这里，在生活中，虽然我可能比其他人幸运些，但与此同时，我和其他所有人一样，正在逐渐老去。但我会继续这样走下去，继续前往中国。

我把当前流行的病毒称为"美国病毒"，并不是我出于对中国的献媚，而是因为我确信这一点。我用18年时间写完了一本关于老北京历史的书。这本书写出了我的心声，我把书名定为《帝都北京城》。我绝对相信，在鸦片战争之前，北京是世界上最美丽的大都市。而且，我用笔走遍了整个北京城的各个角落。在书中，我把自己当作是1820年在北京的外国游客，那时的北京城完好无损，是一座充满了宝贵的建筑艺术价值的古城，而不是西方所描绘的一座"荒谬"的城市。北京城，源自明朝第三位皇帝永乐的天才性创建，后来由三位清朝皇帝康熙、雍正和乾隆不断修建和扩展。中华文明的天才造就了一座必须"重新审视"并流传千古的伟大城市。

2020 年 1 月 14 日，在中国人民大学采访王义桅教授

2020 年 1 月 14 日，在中国铁道科学研究院采访

2020 年 1 月 15 日，在北京大兴国际机场采访

在21世纪的第20个年头，病毒的出现使我被"囚禁"在家，有时间从容地写作。这是一个"开始、思考、暂停、重新思考、恢复并最终完成"的过程，但这并不是最后的结果。我没有预料到随之而来的新工作，当然我的所有工作都与写作有关。佛罗伦萨的出版商塞尔吉奥·君提（Sergio Giunti）先生向我发出了新的约稿。他以探询的口吻对我说，目前在意大利，包括欧洲出版界，缺少一本"解释"中国的书。随着中国的发展变化，需要一本由外国人撰写的关于中国的书。作者应该深入地研究了中国的过去和现在，亲身经历并成功地"进入"了西方人所未知的中国世界，使读者能够真正了解中国的历史、社会、政治和文化之谜。我听了非常兴奋，立即回答：我来写一本《读懂中国》的书，如何？

2020 年，在特雷维索的家中写作

是的，我非常了解君提先生的想法，而他的想法实际上也正代表了大多数的西方人。这是一本我非写不可的书。我要把我所经历的一切、我所理解的一切都写进去。我要向世界报告一个被误解的和被忽视的国家的真实情况。

这项工作使我浑身都充满了激情。疫情的到来使我不能像平常那样随意行动，尤其是不能旅行了，但这又正好给了我难得的完整的时间。我夜以继日，马不停蹄，只花了几个月的时间就完成了写作，而这本书一直都是我迫不及待想要写的。

2020年已经过去几个月了，从我的家和花园以外的世界传来的关于新冠病毒的消息，使我感慨良多。我得知，在疫情暴发后的三个月内，中国采取了严厉但正确的措施，成功地控制住了病毒的传播。而当病毒在意大利和全世界蔓延开时，集体的歇斯底里的情绪达到了令人难以置信的程度，越来越多的人抗议没有假期的夏天，反对被封闭在家里。而意大利漫长的夏季给我的工作带来丰厚的回报，我的书稿的页数与日俱增。

在紫藤凉棚的树荫下，在一种虚幻但绝对令人振奋的气氛中，我日复一日地沉浸在复杂的中国世界，进行着漫长的虚拟之旅，回味过往的那么多美好的时刻，那么多沉静的阅读，那么多我以为已经被遗忘的观察。夏蝉鸣叫发出刺耳的嘶嘶声。在短暂的停顿间，花园的寂静勾起了我对中国夏天的回忆，我产生了一种忧郁的幸福感。

2020年和2021年的一部分是绝对的异常时期。毫无疑问，这是一个新时代的开始。在人类未能制定规则（涉及工作、生产、人际关系、生态、环境）的地方，新型冠状病毒已经开始了它的肆虐入侵，扫除了一切旧习惯和自以为是的傲慢。比中世纪的流行病更糟糕的是，这种"神秘"的病毒强制性地改变了我们的生活。我不相信人类已经到达地球上生存的底线，不过，我相信这种"被迫的停顿"会带来一种新的人文主义。人们需要通过改变习惯和寻求新技术的帮助来进行反思，从而适应新的生存模式。毕竟，真正重要的是时间。我们每个人都活在自己的时间里，存在于我们被允许使用的空间中。时间是衡量生命的唯一尺度。我们每个人，虽然都是当代人，但也只能活在属于自己的时间中。

新冠病毒使我们有机会重新发现、认识和调整自己。变革的时代已经开始。

后记：与"现代马可·波罗"同行

陆辛

1986年初，我在北京国际饭店任餐饮部副经理，主管西餐和酒吧业务。有一天，总经理对我说，意大利著名的"图拉"餐饮集团通过一位热心的意大利朋友找到中国驻米兰领事馆，希望能和北京国际饭店合资经营意大利餐厅，定于一个月后来华洽谈此事，让我提前做好准备。他特别提到这位意大利朋友叫Madaro，是一位记者，也是中国驻意大利使领馆的老朋友，曾多次来华，写了不少正面介绍中国的文章和图书。

陆辛

一个月后，在北京饭店，我见到了这位意大利朋友。他的个头不是很高，但他风度翩翩的举止和那双炯炯有神的眼睛，给我留下了深刻的印象。

我们最早的接触是从起名字开始的，他让我给他起个中国名字。我在北大读书时学的是西班牙语，和意大利语同属于拉丁语系，这对我来说并不难。稍加思考，一个和意大利语发音接近又很上口的中国名字就有了——马达罗，他非常满意。

马达罗出生于1942年，按照中国的生肖，他正好是马年出生的。后来我们见面的次数越来越多，我就干脆叫他"老马"了。他也入乡随俗，每次见到中国朋友，都自称"老马"。没想到，这个老马竟成了我终生的好朋友。到如今，我们相识已经35年了。

从1976年老马第一次来中国到2020年的44年里，老马一共来中国216次。从1986年到现在，他每次来中国，都是由我作陪，平均每两个月我们就能见上一面。他每次来中国前，都会事先联系我。如果赶上我出差不在北京或者去国外，他就会调整他的行程计划，等我在北京的时候再来。

和大多数欧洲人一样，老马是从童年时代读到的马可·波罗的小人书里知道中国的。但和其他人不一样的是，他对中国有着超乎他人的浓厚兴趣和炽热情感。

小学一年级的时候，他迷上了在地图上进行全球旅行，从那时起就"无可救药地爱上了中国"。13岁的时候，他开始自学汉语，至今仍完好地保存着当年的学习笔记。15岁那年，从一辆卖书的三轮车上看到鲁迅的《阿Q正传》，那是他"第一次从精神上真正接近了中国"。此后，通过中国驻瑞士大使馆等各种渠道，他开始收集一切关于中国的资讯，建立自己关于中国的"档案库"和"图书馆"，售卖自己编辑、印刷的油印小报换取邮资，与中国年轻的诗人苏阿芒长期通信，以此获取来自中国的第一手资料。他为第阿古斯蒂尼地理学会出版的旅游杂志编辑制作了多期中国专题的《地图册》，向欧洲社会介绍中国的历史和文化。大学期间，他更是热衷于参加各种沙龙活动、进行关于中国主题的演讲。

大学毕业后，他投身喜爱的新闻行业，正式成为一名记者，担任多家报纸、杂志的记者、编辑，还创办电视台、担任主持人，致力于在复杂的国际政治局势下，向西方报道客观、真实的中国。在1976年第一次真正来到中国之前，他俨然已经是一位对中国问题持有独到见解的专家学者，在意大利闻名遐迩。

中国的改革开放向世界打开了国门，老马的中国之旅也成为一种常态。从1980年代开始，他频繁地往返于中国和意大利，过上了钟摆式的生活。他对中国的观察、认知和思考，也愈发全面、深刻和成熟。他不停地按下相机的快门，记录着他在中国街头巷尾看到的一切。

1977年，作为意大利的中国问题专家，老马应邀到美国访问，会见了华盛顿大学、哈佛大学、斯坦福大学和纽约大学等高校著名的中国问题专家以及美国国会图书馆的学者。关于台湾问题，他鲜明地表达了"一个中国"（且毋庸置疑，一定是北京政府统治下的中国）的观点；在谈及两岸关系时，他主张"台湾是中国不可分割的一部分，但可以享受一种特殊体制"。不可思议的是，老马以他丰厚的史学积累、客观的政治立场、敏锐的时事判断，竟然预设了20年后在香港和澳门实现了的史实：邓小平的智慧决断——"一国两制"。

1979年秋天，中共中央主席华国锋访问意大利，担任主席翻译的陈宝顺把老马作为"中国的朋友"引见给华国锋。华主席听了老马的中国故事，微笑着说："你就是现代马可·波罗了！"几个月后，老马出版了第一本关于中国研究的杂志《马可·波罗》。

1987年，中国国家主席李先念访问意大利，最后一站是威尼斯。老马受中国驻意大利大使馆的邀请，出席中国访问团回国的欢送仪式。就在威尼斯"马可·波罗"机场的贵宾厅里，李先念主席紧握老马的手，以友好的微笑表达对这位中意友谊使者的赞赏。

老马时刻关注着中国的发展和社会变化。为了促进中意两国的互相了解，他不遗余力，自2005年至2013年，在意大利连续举办了五届主题为"丝绸之路和中华文明"的大型展览。此后，他又联合了意大利的12家博物馆，在中国举办了"海的文明"等系列文物巡展。2012年，他在意大利卡萨雷斯博物馆举办的"西藏文物展"，更是通过大量的文物和档案实证，努力改变西方媒体的偏见。

近些年来，老马受意大利贝纳通学术研究会主席卢西亚诺·贝纳通先生的委托，与中方合作伙伴一起，组织实施"多彩中国"微型艺术国际大展，致力于收集中国文化的多样性，把中国优秀的文化艺术推介给世界。

我不厌其烦地写了这么多，与其说是讲述老马中国故事的流水账，倒不如说是在盘点我和老马多年友谊的历程。我自己也不甚清楚，究竟是从哪一天开始，我竟在老马的中国之旅上和他越走越近，一起越走越远。

老马热爱中国的历史文化，他可以准确地说出中国各个朝代的起始时间和发生的重大事件，甚至明、清皇帝的名字、年号、庙号，以及生卒年月都记得清清楚楚。而他对老北京历史文化的痴迷程度更是难以用语言形容，也许就是这个原因，把我和他紧紧地连在了一起。

我尽管出生于北京，但一开始我并不是个老北京迷。在中学和大学期间，我的历史成绩都是最差的。也许生长于斯，对曾经的过往和身边的日常已经熟视无睹了。真正改变我、把我"拖下水"的却是老马。理由很简单，一位来自数千公里以外的意大利人，向你如数家珍地讲述着辉煌悠久的中华文明史，爆料老北京的民俗历史、文物古迹，而我作为一个北京人、中国人，在他面前倒显得如此无知，这实在令我惭愧！

如果说，我和老马在相识的初期，我尚且把自己当做一个局外人，仅仅是为他做好接待服务的话，那么到后来，我则对他所做的一切产生了浓厚的兴趣且乐于相助。我也从他的考察陪同者自然地变成了他的伙伴和同事。我在他参加的几乎所有活动中担任翻译，为他收集他所需要的各种资料；我们共同策划展览和活动方案，我在中国帮他联系、对接各大博物馆和出版社，办理他在中国的各种事务和手续……

多年来，我们一起骑自行车，乘坐公共汽车、火车、高铁和飞机，无论刮风下雨，无论严寒酷暑，走遍了北京，走遍了全国，拍摄

2012 年 3 月，和老马在民族文化宫库房挑选"西藏文物展"的展品

2015 年，在老马的意大利的家中

2016 年 1 月，和老马、贝纳通先生访问
民族文化宫

了数万张照片，收集了数千册有关历史、风景、古建筑以及文物的图书和画册。

20世纪80年代是特别值得我们回味的时期。那时的中国虽然已经打开了国门，但很多地方对外国人尤其是记者依然保持着一种天然的审慎。可以想象，一个中国人，带着一个欧洲老外，背着相机、摄像机，大街小巷地转悠，兴奋地记录和拍摄，会受到怎样的关注。友善、好奇、拒绝、回避、警惕、监视，在这些表情和目光的注视下，我们记录了当时最真实的社会景象。

老马不是职业摄影家，他拍摄的照片谈不上有多高的艺术水平。他也没有特殊的渠道，能够走进一些重要的场所进行拍摄。他在中国的活动范围就是街头巷尾、田间地头、名胜古迹、车站码头和工厂学校等，所以，他的镜头始终对准的是普普通通的老百姓，记录的都是平凡真实的日常生活。20世纪90年代以后，老马拍的照片逐渐减少。用他的话来说，到处都是现代化的高楼大厦，看起来越来越千篇一律。他所喜欢的那种"老"的感觉越来越少了。

对于中国，老马有着如此深厚的感情：新中国的成立，他为之振奋；"老北京"的消失，他深感遗憾；"非典"来了，他特别难过，特地从意大利赶到中国参加抗击"非典"的斗争，用自己多年从事国际新闻报道的经验，为北京市政府新闻办公室提供智力咨询。他说，北京是他的"第二故乡"。他亲自测量和绘制了几十幅老北京的历史地图。他每次乘飞机从国外或者从外地回到北京，路过机场高速收费口的古建牌楼时就激动不已。我就坐在他的旁边，足以体会他的那种感受。

以前，老马的作品多在意大利出版。2003年起，经已故的国内著名的意大利文学翻译家吕同六先生的介绍，老马结识了人民出版社的编辑林敏，出版了他的第一本关于北京的著作《1900年的北京》的中文版。这本书是老马根据当年意大利驻华公使朱塞佩•萨尔瓦戈•拉吉侯爵留下的外交皮箱中的珍贵资料而编写的。书中采用大量的历史照片，形象、真实地还原了100多年前在北京发生的那场历史事件，其中的许多照片都是首次发表。正因如此，2008年国家大剧院上演话剧《天朝1900》时，老马从该书选取了100多幅珍贵的老照片，举办了"1900的北京"图片展，深受欢迎。

自那以后，他在中国又陆续出版了《一个意大利记者眼中的北

2020 年 1 月 15 日，在北京大兴国际机场

京》《历史的抉择》《老马——一个孩提时的中国梦》等书。他在武汉、北京、西安、沈阳、杭州、绍兴等地举办的"巨变前夜""另眼相看""一个意大利记者眼中的中国"等系列摄影展，更是引起了巨大的轰动。他在中国各地拍摄的35000多张彩色照片，成为一代中国人的集体记忆。

2019年3月，在中国国家领导人访问意大利前夕，老马在意大利的家中接受中央电视台的采访时说："中国就像我的祖国。"这使他再一次成为中意文化交流的"网红"。

2020年1月20日，老马刚刚结束他在北京大兴国际机场、中国铁道科学研究院、中国人民大学等地的采访返回意大利，突如其来的新冠疫情，阻碍了老马前来中国的行程。近两年，他在意大利的家中，通过微

2019 年 3 月 31 日，老马在家中接受中央电视台记者采访

信，隔三岔五地与我视频、通话，密切关注中国的情况和中国朋友们的健康。当他从电视新闻中看到首批中国援助意大利的抗疫物资抵达意大利时，第一时间发来视频，表达对中国的感谢。

奔波忙碌了几十年的老马，终于有了难得的静下来的时间，但他依然没有停止他的"中国之旅"。因为他在欧洲的记者朋友们，总是向他打听中国的现状，而大多数人对中国的认识和理解，在老马看来仍有失偏颇，有的依然带有先天的误解甚至人为的偏见。意大利的君提出版集团试探性地问老马能不能写这样一本书：

外国人撰写的关于中国的书。作者应该深入地研究了中国的过去和现在，亲身经历并成功地"进入"了西方人所未知的中国世界，使读者能够真正了解中国的历史、社会、政治和文化之谜。

老马拍摄的中国照片

一种责无旁贷的使命感促使老马奋笔疾书，夜以继日，在几个月的时间里，洋洋洒洒、30万字的《读懂中国》写作完成，一经在意大利出版，销量即在网站上排名第七。很多读者评价，这是在欧洲能看到的关于中国的诚恳之作，老马的书让他们了解和认识了一个当下真实的、鲜活的、客观的中国。目前，我正在紧张地进行这本书的中文翻译。

而老马的这场"中国之旅"非同寻常，他这样写道：

我日复一日地沉浸在复杂的中国世界，进行着漫长的虚拟之旅，回味过往的那么多美好的时刻，那么多沉静的阅读，那么多我以为已经被遗忘的观察。夏蝉鸣叫发出刺耳的嘶嘶声。在短暂的停顿间，花园的寂静勾起了我对中国夏天的回忆，我产生了一种忧郁的幸福感。

《读懂中国》一书在意大利出版
后，迅速登上销售排行榜第七位

为什么那么多读者选择相信老马？我在老马的文字中找到了答案：

我当时的观点与日后我所持的观点基本保持一致，即评判中国不能从我们西方的视角出发，而必须先要完全了解和明白（即便不能认同）她的视角，为此就不得不先了解她的历史、传统，简言之，她的文明。

老马的中国情缘，其实在他出生后发出最初的那个音节时就已经命中注定了。用他自己的话来说，他的前生是一个中国人。

老马的中国之旅永不会停歇，每次旅程的结束，又是一个新的开始。在这条永无尽头的旅程中，我将和老马一路同行。

2022年6月于北京